写给女孩子

周国平 著

学会和自己相处，
就学会了和世界相处

中国青年出版社

- 01 -

首先，学会爱自己

- 02 -

我爱故我在

－ 03 －

幸福喜欢捉迷藏

— 04 —

心灵的断舍离

— **05** —

魅力何来

– 06 –

一个人也可以很美好

- 07 -

生活需要大智慧

– 01 –

首先，学会爱自己

拥有『自我』

1

一个人怎样才算拥有"自我"呢？我认为有两个可靠的标志。

一个是看他有没有自己的真兴趣，亦即自己安身立命的事业，他能够全身心地投入其中，并感到内在的愉快和充实。如果有，便表明他正在实现"自我"，这个"自我"是指他的个性，每个人独特的生命价值。

二是看他有没有自己的真信念，亦即自己处世做人的原则，那是他精神上的坐标轴，使他在俗世中不随波逐流。如果有，便表明他拥有"自我"，这个"自我"

是指他的灵魂，一个坚定的精神核心。

这两种意义上的"自我"都不是每个人一出生就拥有的，而是在人生过程中不断选择和创造的结果。正因为如此，每个人都要为自己成为怎样的人而负责。

2

怎样才能成为自己？不存在一个适合于一切人的答案。我只能说，最重要的是每个人都要真切地意识到他的"自我"的宝贵。有了这个觉悟，他就会自己去寻找属于他的答案。在茫茫宇宙间，每个人都只有一次生存的机会，都是一个独一无二、不可重复的存在。名声、财产、知识等等是身外之物，人人都可求而得之，但没有人能够代替你感受人生。你死之后，没有人能够代替你再活一次。如果你真正意识到了这一点，你就会明白，活在世上，最重要的事就是活出你自己的特色和滋味来。你的人生是否有意义，衡量的标准不是外在的成功，而是你对人生意义的领悟和坚守，从而使你的自我闪射出个性的光华。

3

世上有许多人，你可以说他是随便什么东西，例如是一种职业、一种身份、一个角色，唯独不是他自己。如果一个人总是按照别人的意见生活，没有自己的独立思考，总是为外在的事务忙碌，没有自己的内心生活，那么，说他不是他自己就一点儿也没有冤枉他。因为确确实实，从他的头脑到他的心灵，你在其中已经找不到丝毫真正属于他自己的东西了，他只是别人的一个影子和事务的一架机器罢了。

4

耶稣说："一个人赚得了整个世界，却丧失了自我，又有何益？"他在向其门徒透露自己的基督身份后说这话，可谓意味深长。真正的救世主就在我们每个人身上，便是那个清明宁静的自我。这个自我即是我们身上的神性，只要我们能守住它，就差不多可以说上帝和我们同在了。守不住它，一味沉沦于世界，我们便会浑浑噩噩，随波漂荡，世界也将沸沸扬扬，永无得救的希望。

我更愿意
是我自己

1. 你怎样形容自己的性格？

恰好二十年前，《中国青年》杂志做过类似的采访，对于同样的问题，我是这样回答的："敏感，忧郁，怕羞。拙于言谈，疏于功名。不通世故，不善社交。"如此等等。现在再看，觉得仍基本准确。但也有变化，现在不像当年那样敏感和忧郁了，似乎已趋于坚韧和达观。当然，这可以是成熟，也可以是衰老，我姑且当作是前者吧。

我认为，人的基本性格是难以改变的，也不必刻意改变。性格本身无所谓好坏，关键在于正确地使用，使之产生好的结果。比如说，我不善社交，也就不去社交场折腾了，反倒为自己赢得了宁静的心境和独处的时间。

2. 你最喜欢哪个童话故事？为什么？

圣爱克苏佩里的《小王子》。在成人的功利世界里，我常常感到孤独，而这时候孩子便是我的救星。我觉得和孩子非常好沟通，没有任何障碍。在这篇童话中，我读出了作者同样的心情，并且他作了最有力的表达。

3. 做什么事会让你感觉最舒适、最享受？

读一本好书。与一个好女人相爱。和自己的孩儿疯玩傻乐。

4. 你对自己最满意和最不满意的是什么？

最满意的是，我在做自己喜欢做的工作，和自己喜欢的人一起生活。最不满意的是，我不善于拒绝，有时候仍会因为情面而做自己并不喜欢做的事情。

5. 近一段时间，让你感到最快乐的是什么事？

停下了一切工作，无所事事。

6.如果真的有可以让时光倒流的时间机器，你希望回到什么时候？为什么？

古希腊是人类健康生命和高贵心灵的乐园，唐宋是中国文人的黄金时代，都很值得去游历一番。但是，我不想在那里定居。我投生在今天这个时代，因此成为这个时代的产物。设想我是别的时代的人，就等于设想我不是我，而这又等于设想我不存在。

如果你问的是希望回到我自己人生的什么时候，我告诉你，我不想回到任何时候。人生一切美好经历的魅力就在于不可重复，它们因此而永远活在了记忆中。

7.你觉得自己最好的习惯是什么？是怎样养成的？

写日记。我在五岁时就自发地写日记了。开始的原因似乎很可笑，那时候大家都穷，吃到一点好东西不容易。我想，今天吃了，明天忘了，不是白吃了吗？于是做了一个小本子，吃到好东西就记下来。后来所记的当然不这么幼稚了，但相同的是：我通过写日记留住了人生中的许多好滋味。

写日记是心灵生活的好方式。我的体会是，通过写日记，第一能把自己的外在经历转化成内在财富，从而

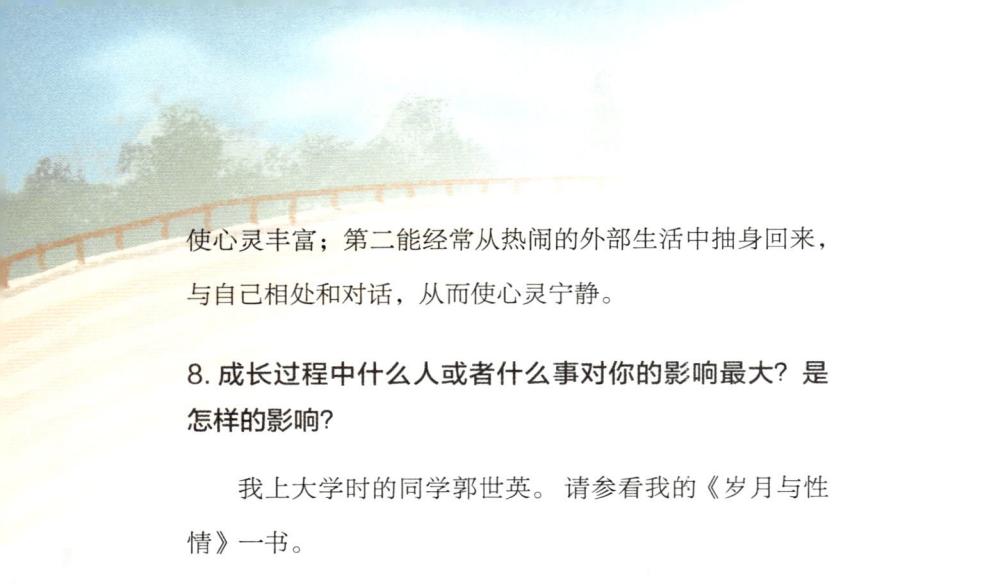

使心灵丰富；第二能经常从热闹的外部生活中抽身回来，与自己相处和对话，从而使心灵宁静。

8. 成长过程中什么人或者什么事对你的影响最大？是怎样的影响？

我上大学时的同学郭世英。请参看我的《岁月与性情》一书。

9. 你最喜欢异性身上的什么特点？

温柔，聪慧，善解人意。单纯一些，不要太功利，女人一功利就特别俗。当然，我摆脱不了男人的偏见，还喜欢女人漂亮。

10. 爱情中最重要的品质是什么？

真诚，信任，包容。

11. 你觉得爱一个人最好的方式是什么？

把她（他）当作独立的个人尊重她（他），把她当作最亲的亲人心疼她（他）。

12. 失去什么，会让你觉得绝望？

爱的能力，思想的能力。

13. 你觉得最好的职业是什么？ 为什么？

最好的职业是有业无职，就是有事业，而无职务、职位、职称、职责之束缚，能够自由地支配自己的时间，做自己喜欢做的事。 例如艺术家、作家、学者，当然，前提是他们真正热爱艺术、文学和学术。 否则，职位、职务、职称俱全而唯独无事业的所谓学者、作家、艺术家，今天有的是。

14. 怎样才能确定一个职业是否适合自己？

应该符合三个条件：第一，有强烈的兴趣，甚至到了不给钱也一定要干的程度；第二，有明晰的意义感，确信自己的生命价值借此得到了实现；第三，能够靠它养活自己。

15. 讲一讲对你来说最难的一次选择。 你是怎样选择的？ 有没有后悔？

人生的道路分内外两个方面。 外在的方面往往由命运、时代、环境、机遇决定，自己没有多少选择的主动权。 因此，我基本上是顺其自然，很少主动去争取什么。内在的方面，精神的取向和历程，我相信在很大程度上自己是可以支配的，我会比较执着。

在人生的某种绝境中，真正发生的情况实际上不是难以选择，而是无可选择，所以也谈不上后悔。你应该知道我指的是什么。

16. 促使你成功的最重要的品质是什么？

我从来不觉得自己是一个成功人士。我自小比较自卑，没有出人头地的野心，今天所获得的这些外在的东西，所谓名声之类，完全超出了我的预期。如果这算是成功，那么，我能得到它们，也许正是因为我没有把它们太当一回事，至少没有当作自己的目标。现在我的总结是，把优秀当作第一目标，而把成功当作优秀的副产品，这可能是最恰当的态度，有助于一个人获取成功，或者坦然地面对不成功。

17. 你怎样处理工作中的人际关系？讲一个你认为好用的方法。

我给自己处理人际关系确立了一个原则，就是尊重他人，亲疏随缘。工作中的人际关系稍微麻烦一些，因为躲不开，常常还会影响自己的切身利益。不过，只要对利益超脱一点，这个原则仍然适用。

18. 学习或工作觉得倦怠的时候，你怎么办？

马上放下，看看闲书，听听音乐，去散步、游泳，或者和孩子玩。

19. 你是否遇到过危机，如何克服的？

人生难免遇到危机，情况各异，不可一概而论。大体上是，能主动应对当然好，若不能，就忍受它，等待它过去。

20. 如果你有机会可以做另外一种人，你想做什么人？过什么样的生活？

我曾和一个五岁男孩谈话，告诉他，我会变魔术，能把一个人变成一只苍蝇。他听了十分惊奇，问我能不能把他变成苍蝇，我说能。他陷入了沉思，然后问我，变成苍蝇后还能不能变回来，我说不能。他决定不让我变了。我也一样，想变成任何一种人，体验任何一种生活，包括国王、财阀、圣徒、僧侣、强盗、妓女等，甚至也愿意变成一只苍蝇，但前提是能够变回我自己。所以，归根到底，我更愿意是我自己。

最好的朋友是你自己

　　人在世上都离不开朋友，但是，最忠实的朋友还是自己，就看你是否善于做自己的朋友了。要能够做自己的朋友，你就必须比那个外在的自己站得更高，看得更远，从而能够从人生的全景出发给他以提醒、鼓励和指导。

　　在我们每个人身上，除了外在的自我以外，都还有着一个内在的精神性的自我。可惜的是，许多人的这个内在自我始终是昏睡着的，甚至是发育不良的。为了使内在自我能够健康生长，你必须给它以充足的营养。如果你经常读好书、沉思、欣赏艺术，拥有丰富的精神生活，你就一定会感觉到，在你身上确实还有一个更高的自我，这个自我是你的人生路上坚贞不渝的精神密友。

我身上有两个自我。一个好动，什么都要尝试，什么都想经历。另一个喜静，对一切加以审视和消化。这另一个自我，仿佛是它把我派遣到人世间活动，同时又始终关切地把我置于它的视野之内，随时准备把我召回它的身边。即使我在世上遭受最悲惨的灾难和失败，只要识得返回它的途径，我就不会全军覆没。它是我的守护神，为我守护着一个永远的家园，使我不致无家可归。

自我是一个中心点，一个人有了坚实的自我，他在这个世界上便有了精神的坐标，无论走多远都能够找到回家的路。换一个比方，我们不妨说，一个有着坚实自我的人便仿佛有了一个精神的密友，他无论走到哪里都带着这个密友，这个密友将忠实地分享他的一切遭遇，倾听他的一切心语。

世事的无常使得古来许多贤哲主张退隐自守、清静无为、无动于

衷。我厌恶这种哲学。我喜欢看见人们生机勃勃地创办事业，如痴如醉地坠入情网，痛快淋漓地享受生命。但是，不要忘记了最主要的事情：你仍然属于你自己。每个人都是一个宇宙，每个人都应该有一个自足的精神世界。这是一个安全的场所，其中珍藏着你最珍贵的宝物，任何灾祸都不能侵犯它。心灵是一本奇特的账簿，只有收入，没有支出，人生的一切痛苦和欢乐，都化作宝贵的体验记入它的收入栏中。是的，连痛苦也是一种收入。人仿佛有了两个自我，一个自我到世界里去奋斗，去追求，也许凯旋，也许败归；另一个自我便含着宁静的微笑，把这遍体汗水和血迹的、哭着、笑着的自我迎回家来，把丰厚的战利品指给他看，连败归者也有一份。

与自己谈话
的能力

有人问犬儒派创始人安提斯泰尼，哲学给他带来了什么好处，回答是："与自己谈话的能力。"

我们经常与别人谈话，内容大抵是事务的处理、利益的分配、是非的争执、恩怨的倾诉、公关、交际、新闻等等。独处的时候，我们有时也在心中说话，细察其内容，仍不外上述这些，因此实际上也是在对别人说话，是对别人说话的预演或延续。我们真正与自己谈话的时候是十分稀少的。

要能够与自己谈话，必须把心从世俗事务和人际关系中摆脱出来，回到自己。这是发生在灵魂中的谈话，是一种内在生活。哲学教人立足于根本审视世界，反省人生，带给人的就是内在生活的能力。

与自己谈话的确是一种能力，而且是一种罕见的能力。有许多人，你不让他说凡事俗务，他就不知道说什么好了。他只关心外界的事情，结果也就只拥有仅仅适合于与别人交谈的语言了。这样的人面对自己当然无话可说。可是，一个与自己无话可说的人，难道会对别人说出什么有意思的话吗？哪怕他谈论的是天下大事，你仍感到是在听市井琐闻，因为在里面找不到那个把一切联结为整体的核心，那个照亮一切的精神。

学会和自己相处，就学会了和世界相处

－ 016

理 想

我们永远只能生活在现在，

要伟大就现在伟大，

要超脱就现在超脱，要快乐就现在快乐。

总之，如果你心目中有了一种生活的理想，

那么，你应该现在就来实现它。

作为一种生活态度，

理想是现在进行时的，而不是将来时的。

做自己的朋友

有人问斯多噶学派的创始人芝诺："谁是你的朋友？"他回答："另一个自我。"

人生在世，不能没有朋友。在所有朋友中，不能缺了最重要的一个，那就是自己。缺了这个朋友，一个人即使朋友遍天下，也只是表面的热闹而已，实际上他是很空虚的。

一个人是否是自己的朋友，有一个可靠的测试标准，就是看他能否独处，独处是否感到充实。如果他害怕独处，一心逃避自己，他当然不是自己的朋友。

能否和自己做朋友，关键在于有没有芝诺所说的

"另一个自我"。它实际上是一个人的更高的自我，这个自我以理性的态度关爱着那个在世上奋斗的自我。理性的关爱，这正是友谊的特征。有的人不爱自己，一味自怨，仿佛自己的仇人；有的人爱自己而没有理性，一味自恋，俨然自己的情人。在这两种场合，更高的自我都是缺席的。

成为自己的朋友，这是人生很高的成就。古罗马哲人塞涅卡说，这样的人一定是全人类的朋友。法国作家蒙田说，这比攻城治国更了不起。我只想补充一句：如此伟大的成就却是每一个无缘攻城治国的普通人都有希望达到的。

- 02 -

我爱故我在

爱使人富有

那是一个边疆省会的书店里，一个美丽而羞怯的女孩从陈列架上取下最后一本《妞妞》，因为书店经理答应把这本仅剩的样书卖给她，她激动得脸蛋绯红，然后请求我为她写一句话。当时，我就在书的扉页上写下了这句话——

"爱使人富有。"

这句话写在我的著作《妞妞》上，是对其中讲述的我的人生体验的概括。妞妞是一个昙花一现的小生命，她的到来使我比以往任何时候都更深切地领悟了爱的实质和力量，现在她虽然走了，但因她而获得的爱的体验已经成为我的永远的财富。

这句话写给这个美丽的女孩，又是对她以及许多和她一样的年轻女性的祝愿。在每一个年轻女性的前方，都有长长的爱的故事等待着她们，故事的情节也许简单，也许曲折，结局也许幸福，也许不幸，不论情形如何，我祝愿她们的心灵都将因爱而变得丰富，成为精神上的富有者。

常常听人说：年轻美貌是财富。这对于女性好像尤其如此，一个漂亮女孩有着太多的机会，使人感到前途无量。可是，我知道，如果内心没有对真爱的追求和感悟，机会就只是一连串诱惑，只会引人失足，青春就只是一笔不可靠的财富，很容易被挥霍掉。

常常听人说：爱情会把人掏空。这在遭遇挫折的时候好像尤其如此。倾心相爱的那个人离你而去了，你会顿时感到万念俱灰。可是，我知道，只要你曾经用真心去爱，爱的收获就必定会以某种方式保藏在你的心中，当岁月渐渐抚平了创伤，你就会发现最主要的珍宝并未丢失。

爱是奉献，但爱的奉献不是单纯的支出，同时也必是收获。正是通过亲情、性爱、友爱等等这些最具体的爱，我们才不断地建立和丰富了与世界的联系。深深地爱一个人，你借此所建立的不只是与这个人的联系，而且也是与整个人生的联系。一个从来不曾深爱过的人与人生的联系也是十分薄弱的，他在这个世界里生活，但他会感觉到自己只是一个局外人。爱的经历决定了人生内涵的广度和深度，一个人的爱的经历越是深刻和丰富，他就越是深入和充分地活了一场。

如果说爱的经历丰富了人生，那么，爱的体验则丰富了心灵。不管爱的经历是否顺利，所得到的体验对于心灵都是宝贵的收入。因为爱，我们才有了观察人性和事物的浓厚兴趣。因为挫折，我们的观察便被引向了深邃的思考。一个人历尽挫折而仍葆爱心，正证明了他在精神上足够富有，所以输得起。在这方面，耶稣是一个象征，拿撒勒的这个穷木匠一生宣传和实践爱的教义，直到被钉上了十字架仍不改悔，因此被世世代代的基督徒信奉为精神上最富有的人，即救世主。

我爱故我在

1

一切终将黯淡，唯有被爱的目光镀过金的日子在岁月的深谷里永远闪着光芒。

2

心与心之间的距离是最近的，也是最远的。

到世上来一趟，为不多的几颗心灵所吸引，所陶醉，来不及满足，也来不及厌倦，又匆匆离去，把一点迷惘留在世上。

3

爱情与事业，人生的两大追求，其实质为一，均是自我确认的方式。爱情是通过某一异性的承认来确认自身的价值，事业是通过社会的承认来确认自身的价值。

4

爱的价值在于它自身，而不在于它的结果。结果可能不幸，可能幸福，但永远不会最不幸和最幸福。在爱的过程中间，才会有"最"的体验和想象。

5

性爱是人生之爱的原动力。一个完全不爱异性的人不可能爱人生。

6

人们常说，爱情使人丧失自我。但还有相反的情形：爱情使人发现自我。在爱人面前，谁不是突然惊喜地发现，他自己原来还有这么多平时疏忽的好东西？他渴望把自己最好的东西献给爱人，于是他寻找，他果然找到了。呈献的愿望导致了发现。没有呈献的愿望，也许一辈子发现不了。

7

　　我突然感到这样忧伤。　我思念着爱我或怨我的男人和女人，我又想到总有一天他们连同他们的爱和怨都不再存在，如此触动我心绪的这小小的情感天地不再存在，我自己也不再存在。　我突然感到这样忧伤……

爱与孤独

1

孤独是人的宿命，它基于这样一个事实：我们每个人都是这世界上一个旋生旋灭的偶然存在，从无中来，又要回到无中去，没有任何人任何事情能够改变我们的这个命运。

是的，甚至连爱也不能。凡是领悟人生这样一种根本性孤独的人，便已经站到了一切人间欢爱的上方，爱得最热烈时也不会做爱的奴隶。

2

有两种孤独。

灵魂寻找自己的来源和归宿而不可得,感到自己是茫茫宇宙中的一个没有根据的偶然性,这是绝对的、形而上的、哲学性质的孤独。灵魂寻找另一颗灵魂而不可得,感到自己是人世间的一个没有旅伴的漂泊者,这是相对的、形而下的、社会性质的孤独。

前一种孤独使人走向上帝和神圣的爱,或者遁入空门。后一种孤独使人走向他人和人间的爱,或者陷入自恋。

一切人间的爱都不能解除形而上的孤独。然而,谁若怀着形而上的孤独,人间的爱在他眼里就有了一种形而上的深度。当他爱一个人时,他心中会充满佛一样的大悲悯。在他所爱的人身上,他又会发现神的影子。

3

孤独源于爱,无爱的人不会孤独。

也许孤独是爱的最意味深长的赠品,受此赠礼的人从此学会了爱自己,也学会了理解别的孤独的灵魂和深藏于它们之中的深邃的爱，从而为自己建立了一个珍贵的精神世界。

4

在我们的心灵深处，爱和孤独其实是同一种情感，它们如影随形，不可分离。愈是在我们感觉孤独之时，我们便愈是怀有强烈的爱之渴望。也许可以说，一个人对孤独的体验与他对爱的体验是成正比的，他的孤独的深度大致决定了他的爱的容量。孤独和爱是互为根源的，孤独无非是爱寻求接受而不可得，而爱也无非是对他人之孤独的发现和抚慰。在爱与孤独之间并不存在此长彼消的关系，现实的人间之爱不可能根除心灵对于孤独的体验。而且在我看来，我们也不应该对爱提出这样的要求，因为一旦没有了对孤独的体验，爱便失去了品格和动力。在两个不懂得品味孤独之美的人之间，爱必流于琐屑和平庸。

5

爱可以抚慰孤独，却不能也不该消除孤独。如果爱妄图消除孤独，就会失去分寸，走向反面。

分寸感是成熟的爱的标志，它懂得遵守人与人之间必要的距离，这个距离意味着对对方作为独立人格的尊重，包括尊重对方独处的权利。

6

当一个孤独寻找另一个孤独时，便有了爱的欲望。可是，两个孤独到了一起就能够摆脱孤独了吗？

孤独之不可消除，使爱成了永无止境的寻求。在这条无尽的道路上奔走的人，最终就会勘破小爱的限度，而寻求大爱，或者——超越一切爱，而达于无爱。

有爱心的人有福了

在与幸福有关的各种因素中，爱无疑是幸福的最重要的源泉之一。然而，什么是爱呢？

当我们说到爱的时候，我们往往更多想到的是被爱。这并不奇怪。我们从小就在父母的宠爱之下，因而太习惯于被爱了。从小到大，我们渴望得到许多的爱。当我们遇到困难时，我们希望有人伸出援助之手。当我们经受痛苦时，我们希望有人与我们分担。我们希望我们的亲人和朋友常常惦记着我们，有福与我们同享受。在恋爱和婚姻中，我们也非常在乎被爱，对于自己在爱人心目中的地位十分敏感。我们自觉不自觉地把自己的幸福系于被他人所爱的程度，一旦在这方面受挫，就觉得自己非常不幸。

的确，对于我们的幸福来说，被爱是重要的。如果我们得到的爱太少，我们就会觉得这个世界很冷酷，自己在这个世界上很孤单。然而，与是否被爱相比，有无爱心却是更重要的。一个缺少被爱的人是一个孤独的人，一个没有爱心的人则是一个冷漠的人。孤独的人只要具有爱心，他仍会有孤独中的幸福，如雪莱所说，当他的爱心在不理解他的人群中无可寄托时，便会投向花朵、小草、河流和天空，并因此而感到心灵的愉悦。可是，倘若一个人没有爱心，则无论他表面上的生活多么热闹，幸福的源泉已经枯竭，他那颗冷漠的心是绝不可能真正快乐的。

一个只想被人爱而没有爱人之心的人，其实根本不懂得什么是爱。他真正在乎的也不是被爱，而是占有。爱心是与占有欲正相反的东西。爱本质上是一种给予，而爱的幸福就在这给予之中。许多贤哲都指出，给予比得到更幸福。一个明显的证据是亲子之爱，有爱心的父母在照料和抚育孩子的过程中便感受到了极大的满足。在爱情中，也是当你体会到你给你所爱的人带来了幸福之时，你自己才最感到幸福。爱的给予既不是谦卑的奉献，也不是傲慢的施舍，它是出于内在的丰盈自然而然的流溢，因而是超越道德和功利的考虑的。尼采说得好："凡出于爱心所为，皆与善恶无关。"爱心如同光源，爱者的幸福就在于光照万物。爱心又如同甘泉，爱者的幸福就在于泽被大地。丰盈的爱心使人像神一样博大，所以，《圣经》里说："神就是爱。"

对于个人来说，最可悲的事情不是在被爱方面受挫，例如失恋、朋友反目等等，而是爱心的丧失，从而失去了感受和创造幸福的能力。对于一个社会来说，爱心的普遍丧失则是可怕的，它的确会使世界变得冷如冰窟，荒凉如沙漠。在这样的环境中，善良的人们不免寒心，但我希望他们不要因此也趋于冷漠，而是要在学会保护自己的同时，仍葆有一颗爱心。应该相信，世上善良的人总是多数，爱心必能唤起爱心。不论个人还是社会，只要爱心犹存，就有希望。

亲疏随缘

曾有个人问我如何处理人际关系，我的回答是：尊重他人，亲疏随缘。这个回答基本概括了我对待友谊的态度。

人在世上是不能没有朋友的。不论天才，还是普通人，没有朋友都会感到孤单和不幸。事实上，绝大多数人也都会有自己或大或小的朋友圈子。如果一个人活了一辈子连一个朋友都没有，那么，他很可能怪僻得离谱，使得人人只好敬而远之，或者坏得离谱，以至于人人侧目。

不过，一个人又不可能有许多朋友。所谓朋友遍天下，不是一种诗意的夸张，做一日和尚撞一天钟是一种浅薄的自负。热衷于社交的人往往自诩朋友众多，其实他们心里明白，社交场上的主宰绝对不是友谊，而是时尚、利益或无聊。真正的友谊是不喧嚣的。根据我的经验，真正的好朋友也不像社交健儿那样频繁相聚。在一切人际关系中，互相尊重是第一美德，而必要的距离又是任何一种尊重的前提。使一种交往具有价值的不是交往本身，而是交往者各自的价值。在交往中，每人所能给予对方的东西，绝不可能超出他自己所拥有的。他在对方身上能够看到些什么，大致也取决于他自己拥有些什么。高质量的友谊亦是发生在两个优秀的独立人格之间，它的实质是双方互相由衷的欣赏和尊敬。因此，重要的是使自己真正拥有价值，配得上做一个高质量的朋友，这是一个人能够为友谊所做的首要贡献。

我相信，一切好的友谊都是自然而形成的，不是刻意求得的，我们身上都有一种直觉，当我们初次与人相识时，只要一开始谈话，就很快能够感觉到彼此是否相投。 当两个人的心性非常接近时，或者非常远离时，我们的本能下判断最快，立刻会感到默契或抵牾。 对于那些中间状态，我们也许要稍费斟酌。 斟酌的快慢是和它们偏向某一端的程度成比例的。 这就说明，两个人能否成为朋友，基本上是一件在他们开始交往之初就决定的事情，

也就是说，人与人之间关系的亲疏，并不是由愿望决定的，愿望也应该出自心性及其契合程度决定的。愿望也应该出自心性的认同，超出于此，我们就有理由怀疑那是别有用心，多半有利益方面的动机。利益之交也无可厚非，但双方应该心里明白，最好还是摆到桌面上讲明白，千万不要顶着友谊的名义。凡是顶着友谊名义的利益之交，最后没有不破裂的，到头来还互相指责对方不够朋友，为友谊的脆弱大表义愤。其实，关友谊什么事呢？所谓友谊一开始就是假的，不过是利益的面具和工具罢了。今天的人们给了它一个恰当的名称，叫感情投资，这就比较诚实了，我希望人们更诚实一步，在投资时把自己的利润指标也通知被投资方。

当然，不能排除一种情况：开始时友谊是真的，只是到了后来，面对利益的引诱，一方对另一方做了不义的事，导致友谊破裂。在今日的商业社会中，这种情况也是司空见惯的，我不想去分析那行不义的一方的人品究竟是本来如此，现在暴露了，还是现在才变坏的，因为这种分析过于复杂。我想说的是，面对这种情况，我们应该采取的态度也是亲疏随缘，不要企图去挽救什么，更不要陷在已经不存在的昔日友谊中，感到愤愤不平，好像受了天大委屈。应该知道，一个人的人品是天性和环境的产物，这两者都不是你能够左右的，你只能把它们的产物作为既定事实接受下来。跳出个人的恩怨，做一个认识者，借自己的遭遇认识人生和社会，你就会获得平静的心情。

两性之间

1

男人与女人之间有什么是非可说？只有选择。你选择了谁，你就和谁放弃了是非的评说。

2

对于异性的评价，在接触之前，最易受幻想的支配，在接触之后，最易受遭遇的支配。其实，并没有男人和女人，只有这一个男人或这一个女人。

3

一个男人同别的女人调情，这是十分正常也十分平常的。 如果他同自己的老婆调情，则是极不正常的——肉麻，或者是极不平常的——婚后爱情新鲜如初的动人显现。

4

调情需要旁人凑兴。 两人单独相处，容易严肃，难调起情来。 一旦调上，又容易半真半假，弄假成真，动起真情。

当众调情是斗智，是演剧，是玩笑。

单独调情是诱惑，是试探，是意淫。

5

调情之妙，在于情似有似无，若真若假，在有无真假之间。 太有太真，认真地爱了起来，或全无全假，一点儿不动情，都不会有调情的兴致。 调情是双方认可的意淫，以戏谑的方式表白了也宣泄了对于对方的爱慕或情欲。

昆德拉的定义是颇为准确的：调情是并不兑现的性交许诺。

6

对于男人来说，一个美貌的独身女子总归是极大的诱惑。如果她已经身有所属，诱惑就会减小一些。如果她已经身心都有所属，诱惑就荡然无存了。

一个男人和一个女人要彼此以性别对待，前提是他们之间存在着发生亲密关系的可能性，哪怕他们永远不去实现这种可能性。

7

在夫妇甚至情人之间，恩爱与争吵的混合，大约谁也避免不了，区别只在：一、两者的质量，有刻骨铭心的恩爱，也有表层的恩爱，有伤筋动骨的争吵，也有挠痒式的争吵；二、两者的比例。不过，情形很复杂，有时候大恩爱会伴随着大争吵，恩爱到了极致又会平息一切争吵。

8

女人对于男人，男人对于女人，都不要轻言看透。你所看透的，至多是某几个男人或某几个女人，他们的缺点别有来源，不该加罪于性别。

9

在异性之间的友谊中，性的神秘力量所起的作用乃是不言而喻的。区别只在于，这种力量因客观情境或主观努力而被限制在一个有益无害的地位，既可为异性友谊罩上一种为同性友谊所未有的温馨情趣，又不致像爱情那样激起一种疯狂的占有欲。

10

在男女之间，凡亲密的友谊都难免包含性的因素，但不一定是性关系，这是两回事。这种性别上的吸引可以是一种内心感受。交异性朋友与交同性朋友，两者的内心感受当然是不一样的。

11

两性之间的情感或超过友谊，或低于友谊，所以异性友谊是困难的。在这里正好用得上"过犹不及"这句成语——"过"是自然倾向，"不及"是必然结果。

12

海涅在一首诗里说："我要是克制了邪恶的欲念，那真是一件崇高的事情；可是我要是克制不了，我还有一些无比的欢欣。"

这个原来的痴情少年现在变得多么玩世不恭啊。

你知道相反的情形是什么吗？就是：克制了欲念，感到压抑和吃亏；克制不了，又感到良心不安。

一个男人如果不再痴情，他在男女关系上大体上就只有玩世不恭和麻木不仁这两种选择。

当然，最佳状态是痴情依旧，因而不生邪念，也无须克制了。

13

如果你喜欢的一个女人没有选择你，而是选择了另一个男人，你所感到的嫉妒有三种情形：

第一，如果你觉得那个情敌比你优秀，嫉妒便伴随着自卑，你会比以往任何时候更为自己的弱点而痛苦。

第二，如果你觉得自己与那个情敌不相上下，嫉妒便伴随着委屈，你会强烈地感到自己落入了不公平的境地。

第三，如果你觉得那个情敌比你差，嫉妒便伴随着蔑视，你会因为这个女人的鉴赏力而降低对她的评价。

14

男人不坏，女人不爱。女人不贱，男人不睬。

我必须马上补充：所谓男人的坏，是指他对女人充满欲望；所谓女人的贱，是指她希望男人对她充满欲望。也就是说，其实是指最正常的男人和女人。

15

谈到现代社会中男人和女人所承受的压力，我的想法是：凡是来自自然分工的压力，例如男人奋斗，女人生育，都是不可避免的，也是好承受的。女权主义企图打破自然分工，要女人建立功名，否则讥为思想保守，要男人操心家务，否则斥为性别歧视，不仅没有减少原来的压力，反而增加了新的压力。

16

在动物世界中，雄性所承受的压力在很大程度上来自争夺雌性，这种争夺往往十分残酷，唯有胜者才能得到交配和繁衍的权利。其实，在人类社会中，同样的压力以稍微隐蔽的方式也落在了男性身上。不过，这是无法避免的，在优生的意义上也是公平的。

婚姻中没有天堂

1

好的婚姻是人间，坏的婚姻是地狱，别想到婚姻中寻找天堂。

终究是要生活在人间的，而人间也自有人间的乐趣，为天堂所不具有。

2

恋爱时闭着的眼睛，结婚使它睁开了。恋爱时披着的服饰，结婚把它脱掉了。她和他惊讶了："原来你是这样的？"接着气愤了："原来你是这样的！"而事实上的他和她，诚然比从前想象的差些，却要比现在发现的好些。

3

结婚是一个信号，表明两个人如胶似漆仿佛融成了一体的热恋有它的极限，然后就要降温，适当拉开距离，重新成为两个独立的人，携起手来走人生的路。然而，人们往往误解了这个信号，反而以为结了婚更是一体了，结果纠纷不断。

4

人真是什么都能习惯，甚至能习惯和一个与自己完全不同的人生活一辈子。

习惯真是有一种不可思议的力量，甚至能使夫妇两人的面容也渐渐变得相似。

5

正像恋爱能激发灵感一样，婚姻会磨损才智。家庭幸福是一种动物式的满足状态。要求两个人天天生活在一起，既融洽相处，又保持独特，未免太苛求了。

6

在婚姻这部人间乐曲中，小争吵乃是必有的音符，倘若没有，我们就要赞叹它是天上的仙曲了，或者就要

快乐

快乐要成其为幸福，我认为必须符合两个条件。

第一，这个快乐必须是丰富的、多层次的，其中包含了高层次的快乐。如果只是单一的、低层次的快乐，例如只是肉体欲望的满足，就不能称作幸福。

第二，这个快乐还必须是长久的、可持续的，它有生长的能力，快乐本身能生成更多的快乐。如果只图眼前的快乐，实际上埋下了今后痛苦的种子，当然也不能称作幸福。

怀疑它是否已经临近曲终人散了。

7

在多数情况下，婚姻生活是恩爱和争吵的交替，因比例不同而分为幸福与不幸。恩爱将孤独催眠，争吵又将孤独击昏，两者之间的间歇何其短暂，孤独来不及苏醒。

婚姻的后果之一是失去孤独的心境。至于是幸还是不幸，全看你内心是否有孤独的需要。

8

婚姻有一个最大的弊病，就是对独处造成威胁。对于一个珍爱心灵生活的人来说，独处无疑是一种神圣的需要。不过，如果双方都能够领会此种需要，并且做出适当的安排，我相信是可以把婚姻对独处的威胁减低到最小限度的。

9

婚姻中的一个原则：不要企图改变对方。

两口子争吵，多半是因为性格的差异，比如你性子急，我性子慢，你细心，我粗心，诸如此类。吵多了，便会有怨恨，责备对方总也改不了。可是，人的性格是难变的，只能互相适应，民间的智慧称作磨合。仔细分析，比起性格差异来，要对方改变的企图是争吵的更重要原因。如果承认差异，在此基础上各方调整自己的态度，许多争吵都可以平息。

10

在夫妻吵架中没有胜利者，结局不是握手言和，就是两败俱伤。

11

把自己当作人质，通过折磨自己使对方屈服，是夫妇之间争吵经常使用的喜剧性手段。一旦这手段失灵，悲剧就要拉开帷幕了。

12

"看来，要使丈夫品行端正，必须家有悍妻才行。"

"那只会使丈夫在别的坏品行之外，再加上一个坏品行：撒谎。"

13

"我们两人都变傻了。"

"这是我们婚姻美满的可靠标志。"

幸福喜欢捉迷藏

幸福是多层次、可持续的快乐

今天我讲的题目是"青年与幸福"。为什么讲这个题目呢？并不是说我很懂幸福，但是我想对于青年人来说，对于你们这些大学生来说，什么是幸福，怎么理解幸福，是很重要的问题。用拜伦的话来说，在你们的天空中还有许多彩虹，你们还对未来充满着各种各样的憧憬、幻想、期待，所有这些对未来的向往，概括成一个词，就是"幸福"。

人人都向往幸福，希望有一个幸福的人生。那么，到底什么是幸福？我想可能很多人并不清楚。我也不很清楚，但是我比你们年纪大得多，你们的人生道路刚开始，我已经走了大部分。所以我可以回过头去想一想，这一辈子，这个人生中间，究竟什么东西是真正值得去追求的，是值得去珍惜的，这里面就有我对幸福的理解。经过这么多事情，从自己的经历里边，我还是有所体会的。我比你们可能会清楚一些，当然这也不是什么好事情，你们还有很多想法，我就想得比较简单了，这也许意味着我的人生中的可能性少了许多。我自己想明白了的东西，我到底要什么，要到了以后觉得我的生活是踏实的，我的心灵是充实的，我就谈谈这方面的体会。所以今天是和大家谈心，没有多少理论上的东西。

现在我们这个时代跟我年轻的时候很不一样了，现在这个时代大家比较看重的东西是金钱和成功，我觉得可以理解。其实我也觉得金钱和成功是好东西，因为以前很长时间我是很不成功的，现在好像取得了一点小小的成功，比如写作得到相当一些读者的认可，书比较好卖，这也算成功吧。我在社会上得到了更多读者以后，我的生活好过多了，书好卖了，收入比以前多得多了，这样我就可以比较超脱了，这是我感觉到的最大好处。譬如说，单位里面往往会为了一点小利益争夺，我可以不在乎，你们去争吧，我都不要。有了超脱的本钱，这当然是好事。但是我要说，金钱和成功不是最好的东西，它们本身还不能成其为幸福，还有比成功和金钱更好的东西，幸福的源泉是在那里。是什么呢？第一是生命，生命本身的快乐比金钱好得多。第二是精神，内在的精神充实比外在的成功好得多。

对幸福的理解，西方哲学史上主要分两大派。一派认为幸福就是快乐，这派被称为快乐主义，比如古希腊的伊壁鸠鲁，一直到近代英国的经验论者休谟、约翰·穆勒、亚当·斯密这些人，他们基本上认为幸福就是快乐。还有一派认为幸福就是精神上的完善，或者道德上的完善，在古希腊以苏格拉底、柏拉图为代表，后来主要是德国的一些哲学家，最典型的是康德。不管这两派有什么不同的意见，我觉得有一点是共同的，就是他们都更重视精神，包括快乐主义那一派，也是更重视精神上的快乐，认为这是幸福更重要的方面，而完善论者也都承认完善本身伴随着精神上的快乐。那么，也许可以简单地把幸福归结为快乐，不过对这个快乐要进行分析。

快乐要成其为幸福，我认为必须符合两个条件。第一，这个快乐必须是丰富的、多层次的，其中包含了高层次的快乐。如果只是单一的、低层次的快乐，例如只是肉体欲望的满足，就不能称作幸福。第二，这个快乐还必须是长久的、可持续的，它有生长的能力，快乐本身能生成更多的快乐。如果只图眼前的快乐，实际上埋下了今后痛苦的种子，当然也不能称作幸福。

那么，什么快乐符合这两个条件呢？我觉得有两种快乐，一个是生命的快乐，一个是精神的快乐。我们想一想，老天把我们造就为人，我们身上最宝贵的东西是什么？无非就是这两样东西。首先是生命，这是最基本的价值，没有生命其他就谈不上。其次，人比其他生命高的地方，就在于人是有精神的。要说快乐，生命的快乐就是深层次的快乐，精神的快乐就是高层次的快乐。

所以，快乐的源泉其实就在人自己身上，你真正感到幸福的时候，其实是把人身上这两样最宝贵的东西开发出来了，实现出来了，你去享受它们了。你真正具备了健康的生命和优秀的精神，你自己身上就有了用之不竭的快乐的源泉，你的快乐是可以不断生长的，你的幸福是有保障的。我讲幸福的问题，主要就从这两个方面来讲。

你的『自我』在哪里？

一个孩子摔了一跤，觉得痛，便说："我痛了。"接着又说，"我不怕痛。"这个觉得痛的"我"和这个不怕痛的"我"是不是同一个"我"呢？

一个男孩爱上了一个女孩，可是女孩不爱他。他对自己说："我太爱她了。"接着说，"可是我知道她不爱我。"然后发誓道，"我一定要让她爱上我！"在这里，爱上女孩的"我"、知道女孩不爱自己的"我"以及发誓要让女孩爱上自己的"我"又是不是同一个"我"呢？

一位著名的作家叹息说："我获得了巨大的名声，可是我仍然很孤独。"这个获得名声的"我"和这个孤独的

"我"是不是同一个"我"？

我在照镜子，从镜子里审视着自己。那个审视着我自己的"我"是谁？那个被我自己审视的"我"又是谁？它们是不是同一个"我"？

你拉开抽屉，发现一张你小时候的照片，便说："这是小时候的我。"你怎么知道这是小时候的"我"呢？小时候的"我"和现在的"我"是凭什么东西成为同一个"我"的呢？

夜深人静之时，你一人独处，心中是否浮现过这样的问题："我是谁？我从哪里来？我将到哪里去？"

古希腊哲学家苏格拉底把"认识你自己"看作哲学的最高要求。可是，认识"自我"真是一件比认识世界更难的事。上面的例子说明，它至少包括以下三个难题：

第一，我有一个肉体，又有一个灵魂，其间的关系是怎样的？有人说，灵魂只是肉体的一种功能。如果真是这样，为什么灵魂有时候会反叛肉体，譬如说，会为了一种理想而忍受酷刑甚至牺牲生命？如果不是这样，灵魂是不同于肉体并且高于肉体的，那么，它也必有高于肉体的来源，那来源又是什么？如此不同的两样东西

是怎么能够结合在一起的？既然它不来源于肉体，为什么还会与肉体一同死亡？或者相反，在肉体死亡之后，灵魂仍能继续存在？

第二，灵魂究竟是什么？如果说它是指我的全部心理活动和内心生活，那么，它就是一个非常复杂的东西：一方面，它包括理性的思维、观念、知识、信仰等等；另一方面，它包括非理性的情绪、情感、欲望、冲动等等。其中，究竟哪一个方面代表真正的"自我"呢？有的哲学家主张前者，认为理性是人区别于动物的本质特征，因而不同个人之间的真正区别也在于理性的优劣强弱。有的哲学家主张后者，认为理性只是人的社会性一面，个人的真正独特性和个人一切行为的真实动机深藏在无意识的非理性冲动之中。他们究竟谁对谁错，或者都有道理？

第三，我从小到大经历了许多变化，凭什么说我仍是那同一个"我"呢？是凭我对往事的记忆吗？那么，如果我因为某种疾病暂时或长久丧失了记忆，我还是不是"我"呢？是凭我对我自己仍然活着的一种意识，即所谓"自我意识"吗？可是，问题恰好在于，我是凭什么意识到这仍然活着的正是"我"，使我在变化中保持连续性的这个"自我意识"究竟是什么？

现在我把这些难题交给你自己去思考。

快感离
幸福有多远？

人有一个身体，这个身体有大自然所赋予的欲望。欲望未得满足，身体便会处于失调状态，因欠缺而感到不适乃至痛苦。欲望得到满足，身体便重新进入协调状态，会感到惬意的平静。在二者之间，是欲望得到满足的过程，身体在这过程中所感到的就是快感。所谓快感，是针对身体而言的。食色，性也，为了个体的生存和种族的延续，大自然在人的身体中安置了这两种主要的欲望，其中又以性欲的满足带来最强烈的快感。

除了欲望，我们的身体还有各种感觉器官，它们的享受也可以归入快感之列。皮肤需要触摸和拥抱，否则会感到饥渴。婴儿贪恋母怀，不仅仅是为了吃奶和获得安全感，必定也感觉到了肌肤相亲的快感。年长之后，皮肤饥渴就常常和性欲混合在一起了。舌之对于美味的快感，当然始终是和食欲相关的。身处山野，我们感到身心愉快，其中包含着新鲜空气给予嗅觉的快感。目之于美景和秀色，耳之于天籁和音乐，其快乐肯定不是纯粹肉体性质的，但也可以算做感官的享受。此外，身体还有其他一些种类的快感，例如体育运动、舞蹈、摇滚时体能的释放和对节奏的享受，疲劳后沐浴、休憩、睡眠所带来的彻底放松，如此等等。

总之，快感是多种多样的，包括一切形式的身体享受。大自然为人安排了一个爱享受的身体，我们没有任何理由谴责身体的这种天性。所以，和文艺复兴时期的意大利人一样，我不赞成禁欲主义。美国舞蹈家邓肯有过许多浪漫的性爱经历，招来了飞短流长的议论，她为自己辩护道："我觉得肉体的快乐既天真无邪，又令人欢畅。你有一个身体，它天生要受好多痛苦，既然如此，只要有机会，为什么就不可以从你这个身体上汲取最大的快乐呢？"她说出的是身体的天经地义。

事实上，为了从身体上汲取最大快乐，人类已经把快感变成了一门艺术，譬如说，世界各民族历史上几乎都产生了传授性爱技巧的经典著作。何况快感虽然属于身体，其意义却不限于身体。一个人能否自然地享受身体的快乐，往往表明他是否拥有充沛的生命力，而这一点往往又隐秘地支配着他的世界观，决定了他对世界的态度是积极还是消极。正是在这个意义上，主张积极世界观的哲学家尼采一度把自己的哲学命名为"快乐的科学"。

然而，在对快感作了充分肯定之后。我不得不还要指出它的限度。人毕竟不只有一个身体，更有一个灵魂。因此，人不但要追求肉体的快乐，更要追求精神的快乐。许多哲学家都谈到，人的需要是有层次之分的，越是精神性的需要居于越高的层次。所谓高低不是从道德上讲的，我们不能以道德的名义否定肉体的快乐。但是，正如英国哲学家约翰·穆勒所说，凡是体验过两种快乐的人就会知道，精神的快乐更加强烈也更加丰富。所以，肉体的快乐只是起点，如果停留在这个起点上，沉湎于此，局限于此，实际上是蒙受了自己所不知道的巨大损失，把自己的人生限制在了一个可怜的范围内。

与快感相比，幸福是一个更高的概念，而要达到幸福的境界就必须有灵魂的参与。其实，即使就快感而言，纯粹肉体性质的快感也是十分有限的，差不多也是比较雷同的，情感的投入才使得快感变得独特而丰富。一个人味觉再发达也不能称其为美食家，真正的美食家都是烹调艺术和饮食文化的鉴赏家，鉴赏的快乐大大强化了满足口腹之欲时的快感。同样，最难忘的性爱经验一定是发生在两人都充满激情的场合。

在今天，快感已成为最热门的消费品之一，以制造身体各个部位的快感为营业内容的各色服务行业欣欣向荣。我无意评判这一现象，只想提醒那些热心顾客向自己问两个问题。第一个问题：如果你只能到市场上去购买快感，再没有别的途径，你的身体的快感机制是否出了毛病？第二个问题：单凭这些买来的快感，你真的觉得自己幸福吗？

论幸福

1

灵魂是感受幸福的"器官"，任何外在经历必须有灵魂参与才称其为幸福。

2

内心世界的丰富、敏感和活跃与否决定了一个人感受幸福的能力。在此意义上，幸福是一种能力。

3

苦与乐不但有量的区别，而且有质的区别。在每一个人的生活中，苦与乐的数量取决于他的遭遇，苦与乐的品质取决于他的灵魂。

4

对于沉溺于眼前琐屑享受的人，不足与言真正的欢乐。 对于沉溺于眼前琐屑烦恼的人，不足与言真正的痛苦。

5

痛苦和欢乐是生命力的自我享受。 最可悲的是生命力的乏弱，既无欢乐，也无痛苦。

6

痛苦使人深刻，但是，如果生活中没有欢乐，深刻就容易走向冷酷。 未经欢乐滋润的心灵太硬，它缺乏爱和宽容。

7

人世间真实的幸福原是极简单的。 人们轻慢和拒绝神的礼物，偏要到别处去寻找幸福，结果生活越来越复杂，也越来越不幸。

8

幸福的和不幸的人呵，仔细想想，这世界上有谁是

可能性

每一个人的生命都蕴藏着多方面的可能性，任何一种职业在最好的情形下也只是实现了某一些可能性，而压抑了其余的可能性。闲暇便提供了一个机会，可以尝试去实现其余的可能性。

真正幸福的，又有谁是绝对不幸的？！

9

幸福是有限的，因为上帝的赐予本来就有限。 痛苦是有限的，因为人自己承受痛苦的能力有限。

10

幸福属于天国，快乐才属于人间。

11

幸福是一个抽象概念，从来不是一个事实。 相反，痛苦和不幸却常常具有事实的坚硬性。

12

幸福是一种一开始人人都自以为能够得到、最后没有一个人敢说已经拥有的东西。

13

幸福和上帝差不多，只存在于相信它的人心中。

14

幸福喜欢捉迷藏。 我们年轻时，它躲藏在未来，引诱我们前去寻找它。曾几何时，我们发现自己已经把它错过，于是回过头来，又在记忆中寻找它。

15

聪明人嘲笑幸福是一个梦，傻瓜到梦中去找幸福，两者都不承认现实中有幸福。看来，一个人要获得实在的幸福，就必须既不太聪明，也不太傻。人们把这种介于聪明和傻之间的状态叫作生活的智慧。

16

幸福是一个心思诡谲的女神，但她的眼光并不势利。权力能支配一切，却支配不了命运。

金钱能买来一切，却买不来幸福。

17

一切灾祸都有一个微小的起因，一切幸福都有一个平庸的结尾。

18

自己未曾找到伟大的幸福的人，无权要求别人拒绝平凡的幸福。 自己已经找到伟大的幸福的人，无意要求别人拒绝平凡的幸福。

19

我爱人世的不幸胜过爱天堂的幸福。 我爱我的不幸胜过爱他人的幸福。

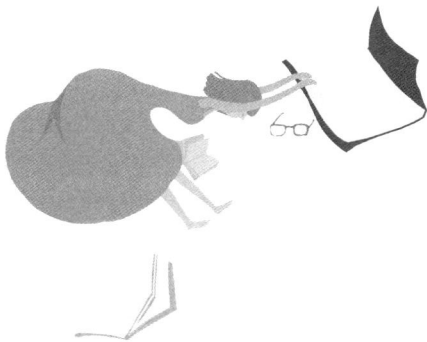

性格就是命运

古希腊哲人赫拉克利特说："一个人的性格就是他的命运。"这句话包含两层意思：一、对于每一个人来说，性格是与生俱来、伴随终身的，永远不可摆脱，如同不可摆脱命运一样；二、性格决定了一个人在此生此世的命运。

那么，能否由此得出结论，说一个人命运的好坏是由天赋性格的好坏决定的呢？我认为不能，因为天性无所谓好坏，因此由之决定的命运也无所谓好坏。明确了这一点，可知赫拉克利特的名言的真正含义是：一个人应该认清自己的天性，过最适合于他的天性的生活，对他而言这就是最好的生活。

一个灵魂在天外游荡，有一天通过某一对男女的交合而投进一个凡胎。他从懵懂无知开始，似乎完全忘记了自己的本来面目。但是，随着年岁和经历的增加，那天赋的性质渐渐显露，使他不自觉地对生活有了一种基本的态度。在一定意义上，"认识你自己"就是要认识附着在凡胎上的这个灵魂，一旦认识了，过去的一切都有了解释，未来的一切都有了方向。

赫拉克利特的名言又常被翻译成："一个人的性格就是他的守护神。"的确，一个人一旦认清了自己的天性，知道自己究竟是什么人，他也就知道自己究竟要什么了，如同有神守护一样，不会在喧闹的人世间迷失方向。

何必温馨

　　不太喜欢温馨这个词。我写文章有时也用它，但尽量少用。不论哪个词，一旦成为一个热门、时髦、流行的词，我就对它厌烦了。

　　温馨本来是一个书卷气很重的词，如今居然摇身一变，俨然是形容词家族中脱颖而出的一位通俗红歌星。她到处走穴，频频亮相，泛滥于歌词中、散文中、商品广告中。以至于在日常言谈中，人们也可以脱口说出这个文绉绉的词了，宛如说出一个人所共知的女歌星的名字。

　　可是，仔细想想，究竟什么是温馨呢？温馨的爱、温馨的家、温馨的时光、温馨的人生究竟是什么样子的？朦朦胧胧，含含糊糊，反正我想不明白。也许，正是词义上的模糊不清增加了这个词的魅力，能够激起说者和听者一些非常美好但也非常空洞的联想。

正是这样：美好，然而空洞。这个词是没有任何实质内容的。温者温暖，馨者馨香，暖洋洋，香喷喷。这样一个词非常适合于譬如说一个情窦初开的少女用来描绘自己对爱的憧憬，一个初为人妻的少妇用来描绘自己对家的期许。它基本上是一个属于女中学生词典的词汇。当举国男女老少都温馨长温馨短的时候，我不免感到滑稽，诧异国人何以在精神上如此柔弱化，纷纷竞作青春女儿态？

事实上，两性之间真正热烈的爱情未必是温馨的。这里无须举出罗密欧与朱丽叶，奥涅金与达吉亚娜，贾宝玉与林黛玉。每一个经历过热恋的人都不妨自问，真爱是否只有甜蜜，没有苦涩，只有和谐，没有冲突，只有温暖的春天，没有炎夏和寒冬？我不否认爱情中也有温馨的时刻，即两情相悦、心满意足的时刻，这样的时刻自有其价值，可是，倘若把它树为爱情的最高境界，就会扼杀一切深邃的爱情所固有的悲剧性因素，把爱情降为平庸的人间喜剧。

比较起来，温馨对于家庭来说倒是一个较为合理的概念。家是一个窝，我们当然希望自己有一个温暖、舒适、安宁、气氛浓郁的窝。不过，我们也该记住，如果爱情要在家庭中继续生长，就仍然会有种种亦悲亦喜的冲突和矛盾。一味地温馨，试图抹去一切不和谐音，结果不是磨灭掉夫妇双方的个性，从而窒息爱情（我始终认为，真正的爱情只能发生在两个富有个性的人之间），就是造成升平的假象，使被掩盖的差异终于演变为不可愈合的裂痕。

至于说以温馨为一种人生理想，就更加小家子气了。人生中有顺境，也有困境和逆境。困境和逆境当然一点儿也不温馨，却是人生最真实的组成部分，往往促人奋斗，也引人彻悟。我无意赞美形形色色的英雄、圣徒、冒险家和苦行僧，可是，如果否认了苦难的价值，就不

复有壮丽的人生了。

　　写到这里，我忽然悟到了温馨这个词时髦起来的真正原因。我的眼前浮现出许多广告画面，画面上是各种高档的家具、家用电器、室内装饰材料、化妆品等等，随之响起同一句画外音："……伴你度一个温馨的人生。"一点也不错！舒适的环境，安逸的氛围，精美的物质享受，这就是现代人的生活理想，这就是温馨一词的确切的现代含义！这个听起来好像颇浪漫的词，其实包含着非常务实的意思，一个正在形成中的中产阶级的生活标准，一种讲究实际的人生态度。不要跟我们提罗密欧了吧，爱就要爱得惬意。不要跟我们提哈姆雷特了吧，活就要活得轻松。理想主义的时代已经结束，让我们回归最实在的人生……

我丝毫不反对实在的生活情趣。和突出政治时代到处膨胀的权力野心相比，这是一个进步。然而，实在的生活有着深刻丰富的内涵，决非限于舒适安逸。使我反感的是"温馨"这个流行词所标志的人们精神上的平庸化，在这个女歌星的唱遍千家万户的温软歌声中，一切人的爱情和人生变得如此雷同，就像当今一切流行歌曲的歌词和曲调如此雷同一样。听着这些流行歌曲，我不禁缅怀起歌剧《卡门》的音乐和它所讴歌的那种惊心动魄的爱情和人生来了。

所以，在这种情况下，我要说：

爱，未必温馨，又何必温馨？

人生，未必温馨，又何必温馨？

什么是幸福？

　　幸福似乎是一个人人都想要但没有人能说清的东西，即使哲学家们对之也是众说纷纭，莫衷一是。这倒并不奇怪，因为在日常语言中，这个词通常用来表达一种强烈的对生活满意的感觉，或者换一个实质上相同的说法，用来描述生活的一种特别令人满意的状态。可是，究竟怎样的生活令人满意，倘若追究下去，就涉及几乎整个人生哲学。这正是从理论上阐明幸福问题的困难之所在。

　　威廉·施密德的《幸福》这本书，译成汉语不足两万字，短小的篇幅里，却把这个复杂的问题阐述得条理清晰，颇具说服力。

作者没有纠缠于哲学史上的各种幸福理论，而是从对于幸福的通俗理解入手。其一是好运。德语中泛指幸福的词 Glück，原初的含义就是运气。汉语与之相似，"幸"是幸运、运气，"福"是福佑、福气，皆指非人力所能支配的好运。运气显然具有偶然性，可遇而不可求。进而言之，偶然的好运能否有助于幸福，取决于一个人的素质，在素质差的人身上，时间可能最终证明一次好运竟是厄运。

其二是快乐。通常所理解的快乐，是与痛苦相对立的，是要排除痛苦的。在这样肤浅的理解中，快乐几乎可以归结为"脑中的化学物质对劲"，即一种生理心理状态。这种快乐不可能持久，持久的结果必然是厌倦，甚至是乐极生悲。把这种快乐作为幸福来追求，还会使人不能承受人生中必有的痛苦，更不用说从挫折和苦难中获取精神价值了。

从上述分析可知，一种站得住脚的幸福观，应该是不依赖于运气的，也应该是能够肯定痛苦的价值的。作者由此引出"充实"这个概念。充实，就是接受人生根本上的矛盾性，立足于感受真实的、完整的人生，如此产生的幸福感必是深刻而持久的。作者认为，这才是哲学本来含义上的幸福。

可是，如同好运、快乐一样，充实的幸福也是片段式的。人生在世，有时会仿佛没来由地感到一种说不清、道不明的忧愁，它源于一种朦胧的意识，即意识到人生和世界的缺乏根据，人世间任何幸福的不可靠。这是一种深刻的空虚之感，因而可以视为充实的幸福之反面。海德格尔曾对这种感觉做过细致的剖析，指出它具有引人彻悟人生的积极意义。作者也认为，人之存在的这个维度值得精心保护，它可以使人与现实生活保持距离从而进行反思。

不过，这样一来，我们对幸福的寻求岂非走进了死胡同？好像是的，作者于此处告诉我们：人生第一要务不是幸福，而是寻求意义。全书共十章，后面六章的内容转入了对意义的探讨。他指出，意义即关联。按照我对其论述的理解，关联有两类。一类是我们的生活与有限的生命价值和精神价值的关联，比如父母对子女的爱，出于精神动机从事的事业，皆属此类。另一类是我们的生活与无限的生命价值和精神价值的关联，这实际上就是指对人生的超验意义的信仰。作者强调，提供这种超验意义的那个至高境界是否确凿存在，这并不重要，重要的是假设它存在能使生活变得更好，与无限的、神性的充实保持关联才可使人生获得真正充实的幸福。回头看那种作为充实之反面的忧愁，现在不妨承认，其价值正在于把人引向超验意义的寻求，因而也就成了充实的幸福的一个重要因子。

原来，意义问题的探讨并非对幸福主题的偏离，相反是其必由之路和归宿。真正从哲学上界定，幸福的人生就是有意义的人生。

作者在序言中说，他之所以写作本书，只是为了让现代人在"突然发疯似的追求幸福"的路上稍作停留，喘一口气，想一想究竟什么是幸福。正如作者所指出的，这种追求幸福的狂热是一种病态，其病因在于关联破裂，意义缺失，由此产生了人人痛心却无力战胜的内心空虚和外在冷漠。可是，人们往往找错了原因，反而愈加急切地追求物质，寻找表面的快乐，试图以之填满意义的真空，结果徒劳。在我们这里，类似的快乐缺乏症和幸福焦虑症同样也在蔓延，而且有过之无不及。因此，我觉得译这本书是适逢其时。

我注意到一个有趣的情况：作为德国的一位哲学教师，作者还有一份兼职工作，就是在瑞士的一所医院担任哲学心灵抚慰师。这倒是一份新鲜的职业，我从中窥知，西方大量开业的心理治疗师大概已经对付不了现代人的心理疾病了。我不能断定哲学心灵抚慰的效果如何，但我相信，对于心理健康来说，哲学的作用一定比心理学更为重要。现代人易患心理疾病，病根多半在想不明白人生的根本道理，于是就看不开生活中的小事。倘若想明白了，哪有看不开之理？

心灵的断舍离

丰富的单纯

对于心的境界，我所能够给出的最高赞语就是：丰富的单纯。我所知道的一切精神上的伟人，他们的心灵世界无不具有这个特征，其核心始终是单纯的，却又能够包容丰富的情感体验和思想。

我相信，每一个精神上的伟人在本质上都是直接面对宇宙的人。一方面，他知道自己是宇宙的儿童，这种认识深藏于他的心灵的核心之中，从根本上使他的心灵永葆儿童的单纯。另一方面，他对宇宙的永恒本质充满精神渴望，在这种渴望的支配下，他本能地为一切精神事物所吸引，使他的心灵变得越来越丰富。

与此相反的境界是贫乏的复杂。这是那些平庸的心灵，它们被各种人际关系和利害算计占据着，所以复杂；可是完全缺乏精神内涵，所以又是一种贫乏的复杂。

除了这两种情况外，也许还有贫乏的单纯，不过，一种单纯倘若没有精神的光彩，我就宁可说它是简单而不是单纯。有没有丰富的复杂呢？我不知道，如果有，那很可能是一颗魔鬼的心吧。

人性的单纯来自自然。有两种人性的单纯，分别与两种自然对应。一种是原始的单纯，与原始的物质性的自然对应。儿童的生命刚从原始自然中分离出来，未开化人仍生活在原始的自然之中，他们的人性都具有这种原始的单纯。第二种是超越的单纯，与超越的精神性的自然相对应。一切精神上的伟人，包括伟大的圣人、哲人、诗人，皆通过信仰、沉思或体验而与超越的自然有了一切沟通，他们的人性都具有这种超越的单纯。

在两种自然之间，在人性的两种单纯之间，隔着社会和社会关系。社会的作用一方面使人脱离了原始的自然，另一方面又会阻止人走向超越的自然。所以，大多数人往往在失去了原始的单纯之后，却不能获得超越的单纯。

社会是一个使人性复杂化的领域。当然，没有人能够完全脱离社会而生活。但是，也没有人必须为了社会放弃自己的心灵生活。对于那些精神本能强烈的人来说，节制社会交往和简化社会关系乃是自然而然的事情。正因为如此，他们才能越过社会的壁障而走向伟大的精神目标。

生活的减法

　　这次旅行，从北京出发乘的法航，可以托运六十公斤行李。谁知到了圣地亚哥，改乘智利国内航班，只准托运二十公斤了。于是，只好把带出的两只箱子精简掉一只，所剩的物品就很少了。到住处后，把这些物品摆开，几乎看不见，好像住在一间空屋子里。可是，这么多天下来了，我并没有感到缺少了什么。回想在北京的家里，比这大得多的屋子总是满满的，每一样东西好像都是必需的，但我现在竟想不起那些必需的东西是什么了。于是我想，许多好像必需的东西其实是可有可无的。

　　在北京的时候，我天天都很忙碌，手头总有做不完的事。直到这次出发的前夕，我仍然分秒必争地做着我认为十分紧迫的事中的一件。可是，一旦踏上旅途，再紧迫的事也只好搁下了。现在，我已经把所有似乎必须限期完成的事搁下好些天了，但并没有发现造成了什么后果。于是我想，许多好像必须做的事其实是可做可不做的。

许多东西，我们之所以觉得必需，只是因为我们已经拥有它们。当我们清理自己的居室时，我们会觉得每一样东西都有用处，都舍不得扔掉。可是，倘若我们必须搬到一个小屋去住，只允许保留很少的东西，我们就会判断出什么东西是自己真正需要的了。那么，我们即使有一座大房子，又何妨用只有一间小屋的标准来限定必需的物品，从而为美化居室留出更多的自由空间？

许多事情，我们之所以认为必须做，只是因为我们已经把它们列入了日程。如果让我们凭空从其中删除某一些，我们会难做取舍。可是，倘若我们知道自己已经来日不多，只能做成一件事情，我们就会判断出什么事情是自己真正想做的了。那么，我们即使还能活很久，又何妨用来日不多的标准来限定必做的事情，从而为享受生活留出更多的自由时间？

心灵的空间

泰戈尔写过一段话，意思是说：一个富翁的富并不表现在他的堆满货物的仓库和一本万利的经营上，而是表现在他能够买下广大空间来布置庭院和花园，能够给自己留下大量时间来休闲。同样，心灵中拥有开阔的空间也是最重要的，如此才会有思想的自由。接着，泰戈尔举例说，穷人和悲惨的人的心灵空间完全被日常生活的忧虑和身体的痛苦占据了，所以不可能有思想的自由。我想补充指出的是，除此之外，还有另一类例证，就是忙人。

凡心灵空间的被占据，往往是出于逼迫。如果说穷人和悲惨的人是受了贫穷和苦难的逼迫，那么，忙人则是受了名利和责任的逼迫。

名利也是一种贫穷，欲壑难填的痛苦同样具有匮乏的特征，而名利场上的角逐同样充满生存斗争式的焦虑。至于说到责任，可分三种情形，一是出自内心的需要，另当别论；二是为了名利而承担的，可以归结为名利；三是既非内心自觉，又非贪图名利，完全是职务或客观情势所强加的，那就与苦难相差无几了。所以，一个忙人很可能是一个心灵上的穷人和悲惨的人。

这里我还要说一说那种出自内在责任的忙碌，因为我常常认为我的忙碌属于这一种。一个人真正喜欢一种事业，他的身心完全被这种事业占据了，能不能说他就没有了心灵的自由空间呢？这首先要看在从事这种事业的时候，他是否真正感觉到了创造的快乐。譬如说写作。写作诚然是一种艰苦的劳动，但必定伴随着创造的快乐，如果没有，就有理由怀疑它是否蜕变成了一种强迫性的事务，乃至一种功利性的劳作。当一个人以写作为职业的时候，这样的蜕变是很容易发生的。心灵的自由空间是一个快乐的领域，其中包括创造的快乐、阅读的快乐、欣赏大自然和艺术的快乐、情感体验的快乐、无所事事的闲适和遐想的快乐等等。所有这些快乐都不是孤立的，

成熟

我不认为麻木、僵化、世故是成熟，真正的成熟应该具有生长能力，因而在本质上始终是包含着童心的。一个人在精神上足够成熟，能够正视和承受人生的苦难，同时心灵依然单纯，对世界仍然怀着儿童般的兴致，他就是一个智慧的人。

而是共生互通的。所以，如果一个人永远只是埋头于写作，不再有工夫和心思享受别的快乐，他的创造的快乐和心灵的自由也是大可怀疑的。

我的这番思考是对我自己的一个警告，同时也是对所有自愿的忙人的一个提醒。我想说的是，无论你多么热爱自己的事业，也无论你的事业是什么，你都要为自己保留一个开阔的心灵空间，一种内在的从容和悠闲。唯有在这个心灵空间中，你才能把你的事业作为你的生命果实来品尝。如果没有这个空间，你永远忙碌，你的心灵永远被与事业相关的各种事务所充塞，那么，不管你在事业上取得了怎样的外在成功，你都只是损耗了你的生命而没有品尝到它的果实。

小康胜大富

在物质生活上，我抱中庸的态度。我当然不喜欢贫穷，人穷志短，为衣食住行操心是很毁人的。但我也从不梦想大富大贵，内心里真的觉得，还是小康最好。

说这话也许有酸葡萄之嫌，那么我索性做一回狐狸，断言大富大贵这颗葡萄是酸的，不但是酸的，常常还是苦的，有时竟是有毒的。我的证据是许多争吃这颗葡萄的人，他们的日子过得并不快活，并且有一些人确实中毒身亡了。

我有一个感觉：暴富很可能是不祥之兆。天下诚然也有祥云笼罩的发家史，不过那除了真本事还必须加上

好运气，不是单凭人力可以造成的。大量触目惊心的权钱交易案例业已证明，对于金钱的贪欲会使人不顾一切，甚至不要性命。

千万不要以为，这些一失足成千古恨的人是天生的坏人。事实上，他们与我们中间许多人的区别只在于，他们恰好处在一个直接面对巨大诱惑的位置上。任何一个人，倘若渴慕奢华的物质生活而不能自制，一旦面临类似的诱惑，都完全可能走上同样的道路。

　　我丝毫不反对美国的比尔·盖茨们和中国的李嘉诚们凭借自己的能力，在给人类带来巨大福利的同时，自己也成为富豪。但是，让我们记住，在这个世界上，富豪终究是少数，多数人不论从事的是什么职业，努力的结果充其量也只是小康而已。

　　我知道自己就属于这多数人，并且对此心安理得。"知足常乐"是中国的古训，我认为在金钱的问题上，这句话是对的。以挣钱为目的，挣多少算够了，这个界限无法确定。事实上，凡是以挣钱为目的的人，他永远不会觉得够了，因为富了终归可以更富，一旦走上了这条路，很少有人能够自己停下来。商界的有为之士也并非把金钱当作最终目的的，他们另有更高的抱负，不过要坚持这抱负可不容易。

　　我有不少从商的朋友，在我看来，他们的生活是过于热闹、繁忙和复杂了。相比之下，我就更加庆幸我能过一种安静、悠闲、简单的生活。他们有时也会对我的生活表示羡慕，开玩笑要和我交换。当然，他们不是真想换，即使真想换，我也不会答应。如果我做着自己喜欢做的事情，既能从中获得身心的愉快，又能借此保证衣食无忧，那么，即使你出再大的价钱，我也不肯把这么好的生活卖给你。

金钱能带来物质享受，但算不上最高的物质幸福。最高的物质幸福是什么？我赞成一位先哲的见解：对人类社会来说，是和平；对个人来说，是健康。在一个时刻遭受战争和恐怖主义威胁的世界上，经济再发达又有什么用？如果一个人的生命机能被彻底毁坏了，钱再多又有什么用？

所以，我在物质上的最高奢望就是，在一个和平的世界上，有一个健康的身体，过一种小康的日子。在我看来，如果天下绝大多数人都能过上这种日子，那就是一个非常美好的世界了。

有所为
必有所不为

1

人的精力是有限的，有所为就必有所不为，而人与人之间的巨大区别就在于所为所不为的不同取向。

2

人活世上，有时难免要有求于人和违心做事。但是，我相信，一个人只要肯约束自己的贪欲，满足于过比较简单的生活，就可以把这些减少到最低限度。远离这些麻烦的交际和成功，实在算不得什么损失，反而受益无穷。我们因此获得了好心情和好光阴，可以把它们奉献给自己真正喜欢的人、真正感兴趣的事，而首先是奉献

给自己。 对于一个满足于过简单生活的人，生命的疆域
是更加宽阔的。

3

为别人对你的好感、承认、报偿做的事，如果别人
不承认，便等于零。 为自己的良心、才能、生命做的事，
即使没有一个人承认，也丝毫无损。

我之所以宁愿靠自己的本事吃饭，其原因之一是为
了省心省力，不必去经营我所不擅长的人际关系了。

4

当我做着自己真正想做的事情的时候，别人的褒贬
是不重要的。 对于我来说，不存在正业副业之分，凡是
出自内心需要而做的事情都是我的正业。

5

我相信，从理论上说，每一个人的禀赋和能力的基
本性质是早已确定的，因此，在这个世界上必定有一种
最适合他的事业，一个最适合他的领域。 当然，在实践
中，他能否找到这个领域，从事这种事业，不免会受客
观情势的制约。 但是，自己应该有一种自觉，尽量缩短

朋友

人在世上都离不开朋友。

但是，最忠实的朋友还是自己。

要能够做自己的朋友，你就必须比那个外在的自己站得更高，看得更远，从而能够从人生的全景出发给他以提醒、鼓励和指导。

寻找的过程。在人生的一定阶段上，一个人必须知道自己是怎样的人，到底想要什么了。

世界无限广阔，诱惑永无止境，但属于每一个人的现实可能性终究是有限的。你不妨对一切可能性保持着开放的心态，因为那是人生魅力的源泉，但同时你也要早一些在世界之海上抛下自己的锚，找到最适合自己的领域。老子说："不失其所者久。"一个人不论伟大还是平凡，只要他顺应自己的天性，找到了自己真正喜欢做的事，并且一心把自己喜欢做的事做得尽善尽美，他在这世界上就有了牢不可破的家园。于是，他不但会有足够的勇气去承受外界的压力，而且会有足够的清醒来面对形形色色的机会的诱惑。

不占有

　　我们总是以为，已经到手的东西便是属于自己的，一旦失去，就觉得蒙受了损失。其实，一切皆变，没有一样东西能真正占有。得到了一切的人，死时又交出一切。不如在一生中不断地得而复失，习以为常，也许能更为从容地面对死亡。

　　另一方面，对于一颗有接受力的心灵来说，没有一样东西会真正失去。

　　我失去了的东西，不能再得到了。我还能得到一些东西，但迟早还会失去。我最后注定要无可挽救地失去我自己。既然如此，我为什么还要看重得与失呢？到手的一切，连同我的生命，我都可以拿它们来做试验，至多不过是早一点失去罢了。

一切外在的欠缺或损失，包括名誉、地位、财产等等，只要不影响基本生存，实质上都不应该带来痛苦。如果痛苦，只是因为你在乎，愈在乎就愈痛苦。只要不在乎，就一根毫毛也伤不了。

守财奴的快乐并非来自财产的使用价值，而是来自所有权。所有权带来的心理满足远远超过所有物本身提供的生理满足。一件一心盼望获得的东西，未必要真到手，哪怕它被放到月球上，只要宣布它属于我了，就会产生一种愚蠢的欢乐。

所谓对人生持占有的态度，倒未必专指那种唯利是图、贪得无厌的行径。据我的理解，凡是过于看重人生的成败、荣辱、

福祸、得失，视成功和幸福为人生第一要义和至高目标者，即可归入此列。因为这样做实质上就是把人生看成了一种占有物，必欲向之获取最大效益而后快。

耶稣说："富人要进入天国，比骆驼穿过针眼还要困难。"对耶稣所说的富人，不妨作广义的解释，凡是把自己所占有的世俗的价值，包括权力、财产、名声等等，看得比精神的价值更宝贵、不肯舍弃的人，都可以包括在内。如果心地不明，我们在尘世所获得的一切就都会成为负担，把我们变成负重的骆驼，而把通往天国的路堵塞成针眼。

东西方宗教都有布施一说。照我的理解，布施的本义是教人去除贪鄙之心，由不执着于财物，进而不执着于一切身外之物，乃至于这尘世的生命。如此才可明白，佛教何以把布施列为"六度"之首，即从迷惑的此岸渡向觉悟的彼岸的第一座桥梁。佛教主张"无我"，既然"我"不存在，也就不存在"我的"这回事了。无物属于自己，连自己也不属于自己，何况财物。明乎此理，人还会有什么得失之患呢？

王尔德说："人生只有两种悲剧，一是没有得到想要的东西，另一是得到了想要的东西。"我曾经深以为然，并且佩服他把人生的可悲境遇表述得如此轻松俏皮。但仔细玩味，发现这话的立足点仍是占有，所以才会有占有欲未得满足的痛苦和已得满足的无聊这双重悲剧。如果把立足点移到创造上，以审美的眼光看人生，我们岂不可以反其意而说：人生有两种快乐，一是没有得到想要的东西，于是你可以去寻求和创造；另一是得到了想要的东西，于是你可以去品味和体验？

大损失在人生中的教

化作用：使人对小损失不再计较。

有一个人因为爱泉水的歌声，就把泉水灌进瓦罐，藏在柜子里。我们常常和这个人一样傻。我们把女人关在屋子里，便以为占有了她的美。我们把事物据为己有，便以为占有了它的意义。可是，意义是不可占有的，一旦你试图占有，它就不在了。无论我们和一个女人多么亲近，她的美始终在我们之外。不是在占有中，而是在男人的欣赏和倾倒中，女人的美便有了意义。我想起了海涅，他终生没有娶到一个美女，但他把许多女人的美变成了他的诗，因而也变成了他和人类的财富。

魅力何来

女性价值

1

歌德诗曰:"永恒的女性,引我们上升。"

走向何方?走向一个更实在的人生,一个更有人情味的社会。

2

在《战争与和平》中,托尔斯泰让安德烈和彼尔都爱上娜塔莎,这是意味深长的。娜塔莎,她整个儿是生命,是活力,是"一座小火山"。对于悲观主义者安德烈来说,她是抗衡悲观的欢乐的生命。对于空想家彼尔来说,她是抗衡空想的实在的生活。男人最容易患的病

是悲观和空想。因而他最期待于女人的是欢乐而实在的
生命。

男人喜欢上天入地，天上太玄虚，地下太阴郁，女
人便把他拉回地面上来。女人使人生更实在，也更轻
松了。

3

女人是人类的感官，具有感官的全部盲目性和原始
性。只要她们不是自卑地一心要克服自己的"弱点"，
她们就能成为抵抗这个世界理性化即贫乏化的力量。

4

我相信，有两样东西由于与自然一脉相通，因而可
以避免染上时代的疾患，这就是艺术和女人。好的女人
如同好的艺术一样属于永恒的自然，都是非时代的。也
许有人要反驳说，女人岂非比男人更喜欢赶时髦？但这
是表面的，女人多半只在装饰上赶时髦，男人却容易全
身心投入时代的潮流。

5

女人推进艺术，未必要靠亲自创作。世上有些艺术

魅力何来 — 一二三

直觉极敏锐的奇女子，她们像星星一样闪烁在艺术大师的天空中。我想起了歌德和贝多芬的贝蒂娜、瓦格纳和罗曼·罗兰的梅森堡夫人、尼采和弗洛伊德的莎乐美、柴可夫斯基的梅克夫人。

6

女人的聪明在于能欣赏男人的聪明。

男人是孤独的，在孤独中创造文化。女人是合群的，在合群中传播文化。

7

也许，男人是没救的。一个好女人并不自以为能够拯救男人，她只是用歌声、笑容和眼泪来安慰男人。她的爱鼓励男人自救，或者，坦然走向毁灭。

8

好女人能刺激起男人的野心，最好的女人却还能抚平男人的野心。

9

女人作为整体是浑厚的，所以诗人把她们喻为土地。但个别的女人未必浑厚。

女性魅力

1

真正的女性智慧也具一种大器，而非琐屑的小聪明。智慧的女子必有大家风度。

2

我对女人的要求与对艺术一样：自然、质朴、不雕琢、不做作。对男人也是这样。

女性温柔，男性刚强。但是，只要是自然而然，刚强在女人身上，温柔在男人身上，都不失为美。

3

痴心女子把爱当作宗教，男子是她崇拜的偶像。风流女子把爱当作艺术，男子是她诱惑的对象。二者难以并存。集二者于一身，"一片至诚心，万种风流相"，既怀一腔痴情，又解万种风情，此种情人自是妙不可言，势不可当。那个同时受着崇拜和诱惑的男子有福了，或者——有危险了。

4

我发现，美丽的女孩子天性往往能得到比较健康的发展。也许这是因为她们从小讨人喜欢，饱吸爱的养料，而她们的错误又容易得到原谅，因为行动较少顾虑，能够自由地成长。犹如一株植物，她们得到了更加充分的阳光和更加开阔的空间，所以不致发生病态。

5

在男人心目中，那种既痴情又知趣的女人才是理想的情人。痴情，他得到了爱。知趣，他得到了自由。可见，男人多么的自私。

6

美自视甚高，漂亮女子往往矜持。 美不甘寂寞，漂亮女子往往风流。 这两种因素相混合又相制约，即成魅力。一味矜持的冷美人，或者十足风流的荡妇，便无此魅力。

7

在风情女子对男人的态度里，往往混合了羞怯和大胆。 羞怯来自对异性的高度敏感，大胆来自对异性的浓烈兴趣，二者形异而质同。 她躲避着又挑逗着，拒绝着又应允着，相反的态度搭配出了风情的效果。 如果这出于自然，是可爱，如果成为一种技巧，就令人厌恶了。

8

男人期待于女人的并非她是一位艺术家，而是她本身是一件艺术品。 她会不会写诗无所谓，只要她自己就是大自然创造的一首灵感的诗。

9

女人很少悲观，也许会忧郁，但更多的是烦恼。 最好的女人一样也不。 快乐地生活，一边陶醉，一边自嘲，我欣赏女人的这种韵致。

交往

交往中，每人所能给予对方的东西
绝不可能超出他自己所拥有的，
他在对方身上能够看到些什么，
大致也取决于他自己拥有些什么。
高质量的友谊亦是发生在两个优
秀的独立人格之间，
它的实质是双方互相由衷的欣赏和尊敬。

当一位忧郁的女子说出一句极轻松的俏皮话，或者，当一位天真的女子说出一个极悲观的人生哲理，我怎么能再忘记这话语，怎么能再忘记这女子呢？强烈的对比，使我同时记住了话和人。

而且，我会觉得这女子百倍地值得爱了。在忧郁背后发现了生命的活力，在天真背后发现了生命的苦恼，我惊叹了：这就是丰富，这就是深刻！

女性心理

1

女子乍有了心上人，心情极缠绵曲折：思念中夹着怨嗔，急切中夹着羞怯，甜蜜中夹着苦恼。一般男子很难体察其中奥秘，因为缺乏细心，或者耐心。

2

有时候，女人的犹豫乃至抗拒是一种期望，期望你来攻破她的堡垒。当然，前提是"意思儿真，心肠儿顺"，她的确爱上了你。她不肯投降，是因为她盼望你作为英雄去辉煌地征服她，把她变成你的光荣的战俘。

3

有人说，女人所寻求的只是爱情、金钱和虚荣。其实，三样东西可以合并为一样：虚荣。因为，爱情的满足在于向人夸耀丈夫，金钱的满足在于向人夸耀服饰。

当然，这里说的仅是一部分女人。但她们并不坏。

4

一种女人把男人当作养料来喂她的虚荣，另一种女人把她的虚荣当作养料来喂男人。

对于男人来说，女人的虚荣并非一回事。

5

一种女人向人展示痛苦只是为了寻求同情，另一种女人向人展示痛苦却是为了进行诱惑。对于后者，痛苦是一种装饰。

6

在男人眼里，女人的一点儿软弱时常显得楚楚动人。有人说俏皮话：当女人的美眸被泪水蒙住时，看不清楚的是男人。但是，不能说女人的软弱都是装出来的，她不过是巧妙地利用了自己固有的软弱罢了。女人的软弱，说到底，就是渴望有人爱她，她比男人更不能忍受孤独。对于这一点儿软弱，男人倒是乐意成全。但是，超乎此，软弱到不肯自立的地步，多数男人是要逃跑的。

7

自古多痴情女，薄情郎。但女人未必都是弱者，有的女人是用软弱武装起来的强者。

8

你占有一个女人的肉体乃是一种无礼，以后你不再去占有却是一种更可怕的无礼。前者只是侵犯了她的羞耻心，后者却侵犯了她的自尊心。

肉体是一种使女人既感到自卑、又感到骄傲的东西。

9

侵犯女人的是男人，保护女人的也是男人。女人防备男人，又依赖男人，于是有了双重的自卑。

10

女人的肉体和精神是交融在一起的，她的肉欲完全受情感支配，她的精神又带着浓烈的肉体气息。女人之爱文学，是她的爱情的一种方式。她最喜欢的作家，往往是她心目中理想配偶的一个标本。于是，有的喜欢海明威式的硬汉子，有的喜欢拜伦式的悲观主义者。

在男人那里，肉体与精神可以分离得比较远。

11

女性蔑视者只把女人当作欲望的对象。他们或者如叔本华，终身不恋爱不结婚，但光顾妓院；或者如拜伦、莫泊桑，一生中风流韵事不断，但决不真正堕入情网。

女人好像不在乎男人蔑视她，否则拜伦、莫泊桑身边就不会美女如云了。虚荣心（或曰纯洁的心灵）使她仰慕男人的成功（或曰才华），本能又使她期待男人性欲的旺盛。一个好色的才子使她获得双重的满足，于是对她就有了双重的吸引力。

1

当我们贪图感官的享受时，女人是固体，诚然是富有弹性的固体，但毕竟同我们只能有体表的接触。然而，在那样一些充满诗意的场合，女人是气体，那样温馨芬芳的气体，她在我们的四周飘荡，沁入我们的肌肤，弥漫在我们的心灵。一个心爱的女子每每给我们的生活染上一种色彩，给我们的心灵造成一种氛围，给我们的感官带来一种陶醉。

2

一个漂亮女人能够引起我的赞赏，却不能使我迷恋。使我迷恋的是那种有灵性的美，那种与一切美的事物发生内在感应的美。在具有这种美的特质的女人身上，你不仅感受到她本身的美，而且通过她感受到了大自然的美，艺术的美，生活的美。因为这一切美都被她心领神会，并且在她的气质、神态、言语、动作中奇妙地表现出来了。她以她自身的存在增加了你眼中那个世界的美，同时又以她的体验强化了你对你眼中那个世界的美的体验。不，这么说还有点不够。事实上，当你那样微妙地对美发生共鸣时，你从她的神采中看到的恰恰是你对美的全部体验，而你本来是看不到，甚至把握不住你的体验的。

3

不纯净的美使人迷乱，纯净的美使人宁静。

女人身上兼有这两种美。所以，男人在女人怀里癫狂，又在女人怀里得到安息。女人作为母亲，最接近大自然。大自然的美总是纯净的。

4

看见一个美丽的女人，你怦然心动。你目送她楚楚动人地走出你的视野，她不知道你的心动，你也没有想要让她知道。你觉得这是最好的：把欢喜留在心中，让女人成为你的人生中的一种风景。

5

一个男人真正需要的只有自然和女人。其余的一切，诸如功名之类，都是奢侈品。

当我独自面对自然或者面对女人时，世界隐去了。当我和女人一起面对自然时，有时女人隐去，有时自然隐去，有时两者都似隐非隐，朦胧一片。

6

女人也是自然。

文明已经把我们同自然隔离开来，幸亏我们还有女人，女人是我们与自然之间的最后纽带。

女人比男人更属于大地。一个男人若终身未受女人熏陶，他的灵魂是一颗飘荡天外的孤魂。

7

女人比男人更接近自然之道，这正是女人的可贵之处。男人有一千个野心，自以为负有高于自然的许多复杂使命。女人只有一个野心，骨子里总是把爱和生儿育女视为人生最重大的事情。一个女人，只要她遵循自己的天性，那么，不论她在痴情地恋爱，在愉快地操持家务，在全神贯注地哺育婴儿，都无往而不美。

我的意思不是要女人回到家庭里。妇女解放，男女平权，我都赞成。女子才华出众，成就非凡，我更欣赏。但是，一个女人才华再高，成就再大，倘若她不肯或不会做一个温柔的情人、体贴的妻子、慈爱的母亲，她给我的美感就要大打折扣。

8

如果一定要在两性之间分出高低，我相信老子的话："牝常以静胜牡""柔弱胜刚强"。也就是说，守静、柔弱的女性比冲动、刚强的男性高明。

老子也许是世界历史上最早的女性主义者，他一贯旗帜鲜明地歌颂女性，最典型的是这句话："谷神不死，是谓玄牝。玄牝之门，是谓天地根。"翻译成白话便是：空灵、神秘、永恒，这就是奇妙的女性，女性生殖器是天地的根源。注家一致认为，老子是在用女性比喻"道"即世界的永恒本体。那么，在老子看来，女性与道在性质上是最为接近的。

无独有偶，歌德也说："永恒的女性，引我们上升。"细读《浮士德》原著可知，歌德的意思是说，"永恒"与"女性"乃同义语，在我们所追求的永恒之境界中，无物消逝，一切既神秘又实在，恰似女性一般圆融。

在东西方这两位哲人眼中，女性都是永恒的象征，女性的伟大是包容万物的。

9

大自然把生命孕育和演化的神秘过程安置在女性身体中，此举非同小可，男人当知敬畏。与男性相比，女性更贴近自然之道，她的存在更为圆融，更有包容性，男人当知谦卑。

强的男子可能对千百个只知其强的崇拜者无动于衷，却会在一个知其弱点的女人面前倾倒。

10

男人抽象而明晰，女人具体而混沌。

所谓形而上的冲动总是骚扰男人，他苦苦寻求着生命的家园。女人并不寻求，因为她从不离开家园，她就是生命、土地、花、草、河流、炊烟。

11

男人是被逻辑的引线放逐的风筝，他在风中飘摇，向天空奋飞，直到精疲力竭，逻辑的引线断了，终于坠落在地面，回到女人的怀抱。

男人眼中的女人

1

女人是男人的永恒话题。

男人不论雅俗智愚，聚在一起谈得投机时，话题往往落到女人身上。由谈不谈女人，大致可以判断出聚谈者的亲密程度。男人很少谈男人。女人谈女人却不少于谈男人，当然，她们更投机的话题是时装。有两种男人最爱谈女人：女性蔑视者和女性崇拜者。两者的共同点是欲望强烈。历来关于女人的最精彩的话都是从他们的口中说出的。那种对女性持公允折中立场的人说不出什么精彩的话，女人也不爱听，她们很容易听出公允折中背后的欲望乏弱。

2

　　古希腊名妓弗里妮被控有不敬神之罪，审判时，律师解开她的内衣，法官们看见她的美丽的胸脯，便宣告她无罪。

　　这个著名的例子只能证明希腊人爱美，不能证明他们爱女人。

　　相反，希腊人往往把女人视为灾祸。在荷马史诗中，海伦私奔导致了长达十年的特洛伊战争。按照赫西俄德的神话故事，宙斯把女人潘多拉赐给男人乃是为了惩罪和降灾。阿耳戈的英雄伊阿宋祈愿人类有别的方法生育，使男人得以摆脱女人的祸害。爱非斯诗人希波纳克斯在一首诗里刻毒地写道："女人只能带给男人两天快活，第一天是娶她时，第二天是葬她时。"

倘若希腊男人不是对女人充满了欲望，并且惊恐于这欲望，女人如何成其为灾祸呢？

不过，希腊男人能为女人拿起武器，也能为女人放下武器。在阿里斯托芬的一个剧本中，雅典女人讨厌丈夫们与斯巴达人战火不断，一致拒绝同房，并且说服斯巴达女人照办，结果奇迹般地平息了战争。

我们的老祖宗也把女人说成是祸水，区别在于，女人使希腊人亢奋，大动干戈，却使我们的殷纣王、唐明皇们萎靡，国破家亡。其中的缘由，想来不该是女人素质的不同吧。

3

孔子说："唯女子与小人难养也，近之则不逊，远之则怨。"

这话对女人不公平。"近之则不逊"几乎是人际关系的一个规律，太近了，没有距离，谁都会被惯成或逼成小人，彼此不逊起来，不独女人如此。所以，两性交往，不论是恋爱、结婚还是某种亲密的友谊，都以保持适当距离为好。

君子远小人是容易的，要怨就让他去怨。男人远女人就难了，孔子心里明白："吾未见好德如好色者也。"既不能近之，又不能远之，男人的处境何其尴尬。那么，孔子的话是否反映了男人的尴尬，却归罪于女人？

"为什么女人和小人难对付？女人受感情支配，小人受利益支配，都不守游戏规则。"一个肯反省的女人对我如是说。大度之言，不可埋没，录此备考。

4

叔本华说："女性的美只存在于男人的性欲冲动之中。"他要男人不被性欲蒙蔽，能禁欲就更好。

拜伦简直是一副帝王派头："我喜欢土耳其对女人的做法：拍一下手，'把她们带进来！'又拍一下手，'把她们带出去！'"女人只为供他泄欲而存在。

但好色者未必蔑视女性。有一个意大利登徒子如此说："女人是一本书，她们时常有一张引人的扉页。但是，如果你想享受，必须揭开来仔细读下去。"他对赐他以享受的女人至少怀着欣赏和感激之情。

女性蔑视者往往是悲观主义者，他的肉体和灵魂是分裂的，肉体需要女人，灵魂却已离弃尘世，无家可归。由于他只带着肉体去女人那里，所以在女人那里也只看到肉体。对于他，女人是供他的肉体堕落的地狱。女性崇拜者则是理想主义者，他透过升华的欲望看女人，在女人身上找到了尘世的天国。对于一般男人来说，女人就是尘世和家园。凡不爱女人的男人，必定也不爱人生。

只用色情眼光看女人，近于无耻。但身为男人，看女人的眼光就不可能不含色情。我想不出在滤尽色情的中性男人眼里，女人该是什么样子。

5

"你去女人那里吗？别忘了你的鞭子！"《查拉图斯特拉如是说》中的这句恶毒的话，使尼采成了有史以来最臭名昭著的女性蔑视者，世世代代的女人都不能原谅他。

然而，在该书的"老妇与少妇"一节里，这句话并非出自代表尼采的查拉图斯特拉之口，而是出自一个老妇之口，这老妇如此向查氏传授对付少妇的诀窍。

是衰老者嫉妒青春，还是过来人的经验之谈？

这句话的含义是清楚的：女人贱。在同一节里，尼采确实又说："男人骨子里坏，女人骨子里贱。"但所谓坏，是想要女人，所谓贱，是想被男人要，似也符合事实。

尼采自己到女人那里去时，带的不是鞭子，而是"致命的羞怯"，乃至于谈不成恋爱，只好独身。

代表尼采的查拉图斯特拉是如何谈女人的呢？

"当女人爱时，男人当知畏惧：因为这时她牺牲一切，别的一切她都认为毫无价值。"

尼采知道女人爱得热烈和认真。

"女人心中的一切都是一个谜，谜底叫作怀孕。 男人对于女人是一种手段，目的总在孩子。"

尼采知道母性是女人最深的天性。

他还说：真正的男人是战士和孩子，作为战士，他渴求冒险；作为孩子，他渴求游戏。 因此他喜欢女人，犹如喜欢一种"最危险的玩物"。

把女人当作玩物，不是十足的蔑视吗？ 可是，尼采显然不是只指肉欲，更多是指与女人恋爱的精神乐趣，男人从中获得了冒险欲和游戏欲的双重满足。

人们常把叔本华和尼采并列为蔑视女人的典型。 其实，和叔本华相比，尼采是更懂得女人的。 如果说他也蔑视女人，他在蔑视中仍带着爱慕和向往。 叔本华根本不可能恋爱，尼采能，可惜的是运气不好。

6

有一回，几个朋友在一起谈女人，托乐斯泰静听良久，突然说："等我一只脚踏进坟墓时，再说出关于女人的真话，说完立即跳到棺材里，砰一声把盖碰上。 来捉我吧！"据在场的高尔基说，当时他的眼光又调皮，又可怕，使大家沉默了好一会儿。

还有一回，有个德国人编一本名家谈婚姻的书，向萧伯纳约稿，萧伯纳回信说："凡人在其太太未死时，没有能老实说出他对婚姻的意见的。"这是俏皮话，但俏皮中有真实，包括萧伯纳本人的真实。

一个要自己临终前说，一个要太太去世后说，可见说出的绝不是什么好话了。

不过，其间又有区别。自己临终前说，说出的多半是得罪一切女性的冒天下之大不韪之言。太太去世后说，说出的必定是不利于太太的非礼的话了。有趣的是，托尔斯泰年轻时极放荡，一个放荡男人不能让天下女子知道他对女人的真实想法；萧伯纳一生恪守规矩，一个规矩丈夫不能让太太知道他对婚姻的老实意见。那么，一个男人要对女性保有美好的感想，他的生活是否应该在放荡与规矩之间，不能太放荡，也不该太规矩呢？

7

亚里士多德把女性定义为残缺不全的性别，这个谬见流传甚久，但在生理学发展的近代，是愈来愈不能成立了。 近代的女性蔑视者便转而断言女人在精神上发育不全，只停留在感性阶段，未上升到理性阶段，所以显得幼稚、浅薄、愚蠢。 叔本华不必提了，连济慈这位英年早逝的诗人也不屑地说："我觉得女人都像小孩，我宁愿给她们每人一颗糖果，也不愿把时间花在她们身上。"

然而，正是同样的特质，却被另一些男人视为珍宝。如席勒所说，女人最大的魅力就在于天性纯正。 一个女人愈是富有活泼的直觉，未受污染的感性，就愈具女性智慧的魅力。

理性决非衡量智慧的唯一尺度，依我看也不是最高尺度。 叔本华引沙弗茨伯利的话说："女人仅为男性的弱点和愚蠢而存在，却和男人的理性毫无关系。"照他们的意思，莫非要女人也具备发达的逻辑思维，可以来和男人讨论复杂的哲学问题，才算得上聪明？ 我可没有这么蠢！ 真遇见这样热衷于抽象推理的女人，我是要躲开的。我同意瓦莱里订的标准："聪明女子是这样一种女性，和她在一起时，你想要多蠢就可以多蠢。"我去女人那里，是为了让自己的理性休息，可以随心所欲地蠢一下，放心地从她的感性获得享受和启发。 一个不能使男人感到轻松的女人，即使她是聪明的，至少她做得很蠢。

女人比男人更属于大地。一个男人若终身未受女人熏陶，他的灵魂便是一颗飘荡天外的孤魂。惠特曼很懂得这个道理，所以他对女人说："你们是肉体的大门，你们也是灵魂的大门。"当然，这大门是通向人间而不是通向虚无缥缈的天国的。

8

男人常常责备女人虚荣。女人的确虚荣，她爱打扮，讲排场，喜欢当沙龙女主人。叔本华为此瞧不起女人。他承认男人也有男人的虚荣，不过，在他看来，女人是低级虚荣，只注重美貌、虚饰、浮华等物质方面，男人是高级虚荣，倾心于知识、才华、勇气等精神方面。反正是男优女劣。

同一个现象，到了英国作家托马斯·萨斯笔下，却是替女人叫屈了："男人们多么讨厌妻子购买衣服和零星饰物时的长久等待；而女人们又讨厌丈夫购买名声和荣誉时的无尽等待，这种等待往往耗费了她们大半生的光阴！"

男人和女人，各有各的虚荣。世上也有一心想出名的女人，许多男人也很关心自己的外表。不过，一般而论，男人更渴望名声，炫耀权力；女人更追求美貌，炫耀服饰，似乎正应了叔本华的话，其间有精神和物质的高下之分。但是，换个角度看，这岂不恰好表明女人的虚荣仅是表面的，男人的虚荣却是实质性的？女人的虚荣不过是一条裙子，一个发型，一场舞会，她对待整个人生并不虚荣，在家庭、儿女、婚丧等大事上抱着相当实际的态度。男人虚荣起来可不得了，他要征服世界，扬名四海，流芳百世，为此不惜牺牲掉一生的好光阴。

当然，男人和女人的虚荣又不是彼此孤立的，他们实际上在互相鼓励。男人以娶美女为荣，女人以嫁名流为荣，各自的虚荣助长了对方的虚荣。如果没有异性的目光注视着，女人们就不会这么醉心于时装，男人们追求名声的劲头也要大减了。

虚荣难免，有一点无妨，还可以给人生增添色彩，但要适可而止。为了让一个心爱的女人高兴，我将努力去争取成功。然而，假如我失败了，或者我看穿了名声的虚妄而自甘淡泊，她仍然理解我，她在我眼中就更加可敬了。男人和女人之间，毕竟有比名声或美貌更本质更长久的东西存在着。

9

莎士比亚借哈姆雷特之口叹道："软弱，你的名字是女人！"他是指女人经不住诱惑。女人误解了这话，每每顾影自怜起来，愈发觉得自己弱不禁风，不堪一击。可是，我们看到女人在多数场合比男人更能适应环境，更经得住灾难的打击。这倒不是说女人比男人刚强，毋宁说，女人柔弱，但柔者有韧性；男人刚强，但刚者易摧折。大自然是公正的，不叫某一性别占尽风流，它又是巧妙的，处处让男女两性互补。

　　如果说男人喜欢女人弱中有强，那么，女人则喜欢男人强中有弱。女人本能地受强有力的男人吸引，但她并不希望这男子在她面前永远强有力。一个窝囊废的软弱是可厌的，一个男子汉的软弱却是可爱的。正像罗曼·罗兰所说："在女人眼里，男人的力遭摧折是特别令人感动的。"她最骄傲的事情是亲手包扎她所崇拜的英雄的伤口，亲自抚慰她所爱的强者的弱点。这时候，不但她的虚荣和软弱，而且她的优点——她的母性本能，也得到了满足。母性是女人天性中最坚韧的力量，这种力量一旦被唤醒，世上就没有她承受不了的苦难。

精神禀赋

1

人和人之间最重要的差别不是职业，而是精神素质。精神素质相近的人，在一起很容易沟通，职业的不同完全不成为障碍；相反，如果精神素质相差悬殊，即使同行也是话不投机半句多。

2

作为学者、作家，我的体会是，一个作者无论写什么作品，他的整体精神素质一定会在作品中体现出来，决定了他的作品的总体质量。我相信，这个道理对于企业家也是成立的，企业就是企业家的作品，这个作品的总体质量一定也是由它的作者的整体精神素质决定的。无论在哪个领域，都是整体精神素质决定了成就的大小、品质和高度，最后比的都是整体精神素质。

3

所谓人文修养，是指一个人通过教育和自我教育，使人之为人的那些精神禀赋得到很好的生长，成为一个精神上优秀的人。可以把人的精神禀赋相对地分为三个东西：一是理性（头脑），二是情感（心灵），三是道德（灵魂）。人文修养是围绕这三个东西展开的，一个人拥有智慧的头脑，丰富的心灵，善良、高贵的灵魂，就是一个精神上优秀的人。

4

人是有精神本能的，但强度相差悬殊。精神本能强烈的人，若才华和环境俱佳，就会有精神上的创造。否则，若才华欠缺，或环境恶劣，就可能被精神本能所毁。

5

精神本能有强弱的阶梯，最高是宗教。

6

智慧是达于成熟因而不会失去的童心。

我不认为麻木、僵化、世故是成熟，真正的成熟应该具有生长能力，因而在本质上始终是包含着童心的。一个人在精神上足够成熟，能够正视和承受人生的苦难，同时心灵依然单纯，对世界仍然怀着儿童般的兴致，他就是一个智慧的人。

7

人是不容易满足的，但因心性的不同而有迥异的走向。

有一种人，衣食居无忧，他仍不满足，要赚更多的钱。在衣食居极尽奢侈之后，他还是不满足，要赚更多更多的钱，但不知道拿赚来的钱做什么了，于是就赌博、吸毒、养情妇。

还有一种人，衣食居也无忧了，并且也赚了一些钱，他同样不满足。不过，他心中有理想，便开始为了心中的理想"折腾"赚来的钱，于是就建教堂、办义学、捐医院。

当年牛顿曾言，是上帝给了世界的初始状态以"第一推动"。我们不妨用譬喻的方式说，上帝所给的"第一推动"其实在我们的心灵中，便是我们的理性能力。这是大自然赋予人类的宝贵品质，也是一切伟大科学家传承的珍贵遗产。让我们忠于这笔财富，如同爱因斯坦所说，当我们把它传给子孙时，一定要使它更加纯洁、丰富。

9

如何判断一个人是自由人还是不自由人？根据自由的几种含义：

外在自由。其一，政治自由。取决于法治社会是否已建立和健全的程度，法治社会中的人是自由人，人治社会中的人是不自由人，过渡社会中的人是半自由人、准自由人。其二，自由时间。谋生时间与自由时间的划分，自由时间是发展精神能力、满足精神需要的时间。作为民族，现在大多数人还必须忙于谋生，不是自由人；作为个人，那些虽然谋生已不成问题但仍只追求物质生活的人也不是自由人。

内在自由。其一，头脑的自由。自由的程度取决于摆脱偏见束缚的程度。具有独立思考的能力和品质的人是自由人。相反，懒于动脑、盲从习俗和舆论的人云亦云之辈，在权力和利益面前放弃真理的自私自利之徒，都是不自由人。其二，灵魂的自由。自由的程度取决于摆脱肉体（物质欲望和死亡恐惧）束缚的程度。有道德、有信仰的人是自由人，无道德、无信仰的人是不自由人。

善良·丰富·高贵

如果我是一个从前的哲人，来到今天的世界，我会最怀念什么？一定是这六个字：善良、丰富、高贵。

看到医院拒收付不起昂贵医疗费的穷人，听凭危急病人死去；看到商人出售假药和伪劣食品，制造急性和慢性的死亡；看到矿难频繁，矿主用工人的生命换取高额利润；看到每天发生的许多凶杀案，往往为了很少的一点钱或一个很小的缘由夺走一条命，我为人心的冷漠感到震惊，于是我怀念善良。

善良，生命对生命的同情，多么普通的品质，今天仿佛成了稀有之物。中外哲人都认为，同情是人与兽的区别的开端，是人类全部道德的基础。没有同情，人就不是人，社会就不是人待的地方。人是怎么沦为兽的？就是从同情心的麻木和死灭开始的，由此下去可以干一切坏事，成为法西斯，成为恐怖主义者。善良是区分好人与坏人的最初界限，也是最后界限。

看到今天许多人以满足物质欲望为人生唯一目标，全部生活由赚钱和花钱两件事组成，我为人们心灵的贫乏感到震惊，于是我怀念丰富。

丰富，人的精神能力的生长、开花和结果，上天赐给万物之灵的最高享受，为什么人们弃之如敝屣呢？中外哲人都认为，丰富的心灵是幸福的真正源泉，精神的快乐远远高于肉体的快乐。上天的赐予本来是公平的，每个人天性中都蕴涵着精神需求，在生存需要基本得到满足之后，这种需求理应觉醒，它的满足理应越来越成为主要的目标。那些永远折腾在功利世界里的人，那些从来不谙思考、阅读、独处、艺术欣赏、精神创造等心灵快乐的人，他们是怎样辜负了上天的赐予啊，不管他们多么有钱，他们是度过了怎样贫穷的一生啊。

看到有些人为了获取金钱和权力毫无廉耻，可以干任何出卖自己尊严的事，然后又倚仗所获取的金钱和权力毫无顾忌、肆意凌辱他人的尊严，我为这些人的灵魂的卑鄙感到震惊，于是我怀念高贵。

高贵，曾经是许多时代最看重的价值，被看得比生命还重要，现在似乎很少有人提起了。中外哲人都认为，人要有做人的尊严，要有做人的基本原则，在任何情况下都不可违背，如果违背，就意味着不把自己当人了。今天的一些人就是这样，不知尊严为何物，不把别人当人，任意欺凌和侮辱，而根源正在于他没有把自己当人，事实上，你在他身上也已经看不出丝毫人的品性。高贵者的特点是极其尊重他人，他的自尊正因此得到了最充分的体现。人的灵魂应该是高贵的，人应该做精神贵族，世上最可恨也最可悲的岂不是那些有钱有势的精神贱民？

我听见一切世代的哲人在向今天的人们呼唤：人啊，你要有善良的心，丰富的心灵，高贵的灵魂，这样你才无愧于人的称号，你才是作为真正的人在世间生活。

善良，丰富，高贵——令人怀念的品质，人之为人的品质，我期待今天更多的人拥有它们。

– 06 –

一个人也可以很美好

我发现，世界越来越喧闹，而我的日子越来越安静了。我喜欢过安静的日子。

当然，安静不是静止，不是封闭，如井中的死水。我刚离开学校时，被分配到一个边远山区，生活平静而又单调。

后来，时代突然改变，人们的日子如同解冻的江河，又在阳光下的大地上纵横交错了。我也像是一条积压了太多能量的河，生命的浪潮在我的河床里奔腾起伏，把我的成年岁月变成了一道动荡不宁的急流。而现在，我又重归于平静了。不过，这是跌宕之后的平静。在经历了许多冲撞和曲折之后，我的生命之河仿佛终于来到一处开阔的谷地，汇蓄成一片浩渺的湖泊。我曾经流连于阿尔斯山麓的湖畔，看雪山、白云和森林的倒影伸展在蔚蓝的神秘之中。我知道，湖中的水仍在流转，是湖的深邃才使得湖面寂静如镜。

我的日子真是很安静。每天，我在家里读书和写作，外面各种热闹的圈子和聚会都和我无关。我和妻子女儿一起品尝着普通的人间亲情，外面各种寻欢作乐的场所和玩意儿也都和我无关。我对这样的日子很满意，因为我的心境也是安静的。

也许，每一个人在生命中的某个阶段是需要某种热闹的。那时候，饱胀的生命力需要向外奔突，去为自己寻找一条河道，确定一个流向。但是，一个人不能永远停留在这个阶段。托尔斯泰如此自述："随着岁月增长，我的生命越来越精神化了。"人们或许会把这解释为衰老的征兆，但是，我清楚地知道，即使在老年时，托尔斯泰也比所有的同龄人，甚至比许多年轻人更充满生命力。毋宁说，唯有强大的生命力才能逐步朝精神化的方向发展。

现在我觉得，人生最好的境界是丰富的安静。泰戈尔曾说："外在世界的运动无穷无尽，证明了其中没有我们可以达到的目标，目标只能在别处，即在内在的精神世界里。在那里，我们最为深切地渴望的，乃在成就之上的安宁。在那里，我们遇见我们的上帝。"他接着说明："上帝就是灵魂里永远在休息的情爱。"他所说的情爱应是广义的，指创造的成就，精神的富有，博大的爱心，而这一切都超越于俗世的争斗，处在永久和平之中。这种境界，正是丰富的安静之极致。

我并不完全排斥热闹，热闹也可以是有内容的。但是，热闹总归是外部活动的特征，任何外部活动倘若没有一种精神追

求为动力，没有一种精神价值为目标，那么，不管表面多么轰轰烈烈，有声有色，本质必定是贫乏和空虚的。我对一切太喧嚣的事业和一切太张扬的感情都心存怀疑，因为它们总是让我想起了莎士比亚对生命的嘲讽："充满了声音和狂热，里面空无一物。"

等的滋味

人生有许多时光是在等中度过的。有千百种等，等有千百种滋味。等的滋味，最是一言难尽。

我不喜欢一切等。无论所等的是好事，坏事，好坏未卜之事，不好不坏之事，等总是无可奈何的。等的时候，一颗心悬着，这滋味不好受。

就算等的是幸福吧，等本身却说不上幸福。想象中的幸福愈诱人，等的时光愈难挨。例如，"月上柳梢头，人约黄昏后"自是一件美事，可是，性急的情人大约都像《西厢记》里那一对儿，"自从那日初时，想月华，捱一刻似一夏"。只恨柳梢日轮下得迟，月影上得慢。第一次幽会，张生等莺莺，忽而倚门翘望，忽而卧床哀叹，心中无端猜度佳人来也不来，一会儿怨，一会儿谅，那副神不守舍的模样委实惨不忍睹。 我相信莺莺就不至于这么惨。 幽会前等的一方要比赴的一方更受煎熬，就像惜别后留的一方要比走的一方更觉凄凉一样。 那赴的走的多少是主动的，这等的留的却完全是被动的。 赴的未到，等的人面对的是静止的时间。 走的去了，留的人面对的是空虚的空间。 等的可怕，在于等的人对于所等的事完全不能支配，对于其他的事又完全没有心思，因而被迫处在无所事事的状态。 有所期待使人兴奋，无所事事又使人无聊，等便是混合了兴奋和无聊的一种心境。随着等的时间延长，兴奋转成疲劳，无聊的心境就会占据优势。 如果佳人始终不来，才子只要不是愁得竟吊死在那棵柳树上，恐怕就只有在月下伸懒腰打呵欠的份了。

人等好事嫌姗姗来迟，等坏事同样也缺乏耐心。 没有谁愿意等坏事，坏事而要等，是因为在劫难逃，实出于不得已。 不过，既然在劫难逃，一般人的心理便是宁肯早点了结，不愿无谓拖延。 假如我们所爱的一位亲人患了必死之症，我们当然惧怕那结局的到来。 可是，再大的恐惧也不能消除久等的无聊。 在《战争与和平》中，

自由空间

心灵的自由空间是一个快乐的领域，其中包括创造的快乐，阅读的快乐，欣赏大自然和艺术的快乐，情感体验的快乐、无所事事的闲适和遐想的快乐，等等。所有这些快乐都不是孤立的，而是共生互通的。

娜塔莎一边守护着弥留之际的安德烈，一边在编一只袜子。她爱安德烈胜于世上的一切，但她仍然不能除了等心上人死之外什么事也不做。一个人在等自己的死时会不会无聊呢？这大约首先要看有无足够的精力。比较恰当的例子是死刑犯，我揣摩他们只要离刑期还有一段日子，就不可能一门心思只想着那颗致命的子弹。恐惧如同一切强烈的情绪一样难以持久，久了会麻痹，会出现间歇。一旦试图做点什么事填充这间歇，阵痛般发作的恐惧又会起来破坏任何积极的念头。一事不做地坐等一个注定的灾难发生，这种等实在荒谬，与之相比，灾难本身反倒显得比较好忍受一些了。

无论等好事还是等坏事，所等的那个结果是明确的。如果所等的结果对于我们关系重大，但吉凶未卜，则又别是一番滋味在心头。这时我们宛如等候判决，心中焦虑不安。焦虑实际上是由彼此对立的情绪纠结而成，其中既有对好结果的盼望，又有对坏结果的忧惧。一颗心不仅悬在半空，而且七上八下，大受颠簸之苦。说来可怜，我们自幼及长，从做学生时的大小考试，到毕业后的就业、定级、升迁、出国等等，一生中不知要过多少关口，等候判决的滋味真没有少尝。当然，一个人如果有足够的悟性，就迟早会看淡浮世功名，不再把自己放在这个等候判决的位置上。但是，若非修炼到类似涅槃的境界，恐怕就总有一些事情的结局是我们不能无动于衷的。此刻某机关正在研究给不给我加薪，我可以一哂置之。此刻某医院正在给我的妻子动剖腹产手术，我还能这么豁达吗？到产科手术室门外去看看等候在那里的丈夫们的冷峻脸色，我们就知道等候命运判决是多么令人心焦的经历了。在人生的道路上，我们难免会走到某几扇陌生的门前等候开启，那心情便接近于等在产科手术室门前的丈夫们的心情。

不过，我们一生中最经常等候的地方不是门前，而是窗前。那是一些非常窄小的小窗口，有形的或无形的，分布于商店、银行、车站、医院等与生计有关的场所，以及办理种种烦琐手续的机关衙门。我们为了生存，不得不耐着性子，排着队，缓慢地向它们挪动，然后屈辱地侧转头颅，以便能够把我们的视线、手和手中的钞票或申请递进那个窄洞里，又摸索着取出我们所需的票据文件等等。这类小窗口常常无缘无故关闭，好在我们的忍耐力磨炼得非常发达，已经习惯于默默地无止境地等待了。

等在命运之门前面，等的是生死存亡，其心情是焦虑，但不乏悲壮感。等在生计之窗前面，等的是柴米油盐，其心情是烦躁，掺和着屈辱感。前一种等，因为结局事关重大，不易感到无聊。然而，如果我们的悟性足以平息焦虑，那么，在超脱中会体味一种看破人生的大无聊。后一种等，因为对象平凡琐碎，极易感到无聊，但往往是一种习以为常的小无聊。

说起等的无聊，恐怕没有比逆旅中的迫不得已的羁留更甚的了。所谓旅人之愁，除离愁、乡愁外，更多的成分是百无聊赖的闲愁。譬如，由于交通中断，不期然被耽搁在旅途某个荒村野店，通车无期，举目无亲，此情此景中的烦闷真是难以形容。但是，若把人生比作逆旅，我们便会发现，途中耽搁实在是人生的寻常遭际。我们向理想生活进发，因了种种必然的限制和偶然的变故，或早或迟在途中某一个点上停了下来。我们相信这是暂时的，总在等着重新上路，希望有一天能过自己真正想过的生活，殊不料就在这个点上永远停住了。有些人渐渐变得实际，心安理得地在这个点上安排自己的生活。有些人仍然等啊等，岁月无情，到头来悲叹自己被耽误了一辈子。

那么，倘若生活中没有等，又怎么样呢？在说了等这么多坏话之后，我忽然想起等的种种好处，不禁为我的忘恩负义汗颜。

我曾经在一个农场生活了一年半。那是湖中的一个孤岛，四周只见茫茫湖水，不见人烟。我们在岛上种水稻，过着极其单调的生活，使我终于忍受住这单调生活的正是等——等信。每天我是怀着怎样殷切的心情等送信人到来的时刻呵，我仿佛就是为这个时刻活着的，尽管等常常落空，但是等本身就为一天的生活提供了色彩和意义。

我曾经在一间地下室里住了好几年。日复一日，只有我一个人。当我伏案读书写作的时候，我不由自主地在等一等敲门声。我期待我的同类访问我，这期待使我感到我还生活在人间，地面上的阳光也有我一份。我不怕读书写作被打断，因为无须来访者，极度的寂寞早已把它们打断一次又一次了。

不管等多么需要耐心，人生中还是有许多值得等的事情的：等冬夜里情人由远及近的脚步声，等载着久别好友的列车缓缓进站，等第一个孩子出生，等孩子咿呀学语偶然喊出一声爸爸后再喊第二第三声，等第一部作品发表，等作品发表后读者的反响和共鸣……

可以没有爱情，但如果没有对爱情的憧憬，哪里还有青春？可以没有理解，但如果没有对理解的期待，哪里还有创造？可以没有所等的一切，但如果没有等，哪里还有人生？活着总得等待什么，哪怕是等待戈多。有人问贝克特，戈多究竟代表什么，他回答道："我要是知道，早在剧中说出来了。"事实上，我们一生都在等待自己也不知道的什么，生活就在这等待中展开并且获得了理由。等的滋味不免无聊，然而，一无所等的生活更加无聊。不，一无所等是不可能的。即使在一无所等的时候，我们还是在等，等那个有所等的时刻到来。一个人到了连这样的等也没有的地步，就非自杀不可。所以，始终不出场的戈多先生实在是人生舞台的主角，没有他，人生这场戏是演不下去的。

人生唯一有把握不会落空的等是等那必然到来的死。但是，人人都似乎忘了这一点而在等着别的什么，甚至死到临头仍执迷不悟。我对这种情形感到悲哀又感到满意。

活得简单，才能活得自由

在五光十色的现代世界中，让我们记住一个古老的真理：活得简单才能活得自由。

自古以来，一切贤哲都主张过一种简朴的生活，以便不为物役，保持精神的自由。

事实上，一个人为维持生存和健康所需要的物品并不多，超乎此的属于奢侈品。它们固然提供享受，但更强求服务，反而成了一种奴役。现代人是活得愈来愈复杂了，结果得到许多享受，却并不幸福，拥有许多方便，却并不自由。

仔细想一想，我们便会发现，人的肉体需要是有被

它的生理构造所决定的极限的，因而由这种需要的满足
而获得的纯粹肉体性质的快感差不多是千古不变的，无
非是食色温饱健康之类。殷纣王"以酒为池，悬肉为
林"，但他自己只有一个普通的胃。秦始皇筑阿房宫，
"东西五百步，南北五十丈"，但他自己只有五尺之躯。
多么热烈的美食家，他的朵颐之快也必须有间歇，否则
会消化不良。多么勤奋的登徒子，他的床笫之乐也必须
有节制，否则会肾虚。每一种生理欲望都是会餍足的，
并且严格地遵循着过犹不足的法则。山珍海味，挥金如
土，更多的是摆阔气。藏娇纳妾，美女如云，更多的是
图虚荣。万贯家财带来的最大快乐并非直接的物质享受，
而是守财奴清点财产时的那份欣喜，败家子挥霍财产时
的那份痛快。凡此种种，都已经超出生理满足的范围了，
但称它们为精神享受未免肉麻，它们至多只是一种心理
满足罢了。

　人的肉体需要是很有限的，无非是温饱，超于此的
便是奢侈，而人要奢侈起来却是没有尽头的。温饱是自
然的需要，奢侈的欲望则是不断膨胀的市场刺激起来的。
富了总可以更富，事实上也必定有人比你富，于是你永
远不会满足，不得不去挣越来越多的钱，赚钱便成了你
的唯一目的。

奢华不但不能提高生活质量，往往还会降低生活质量，使人耽于物质享受，远离精神生活。只有在那些精神素质极好的人身上，才不会发生这种情况，而这又只因为他们其实并不在乎物质享受，始终把精神生活看得更珍贵。一个人在巨富之后仍乐于过简朴生活，正证明了灵魂的高贵，能够从精神生活中获得更大的快乐。

一个专注于精神生活的人，物质上的需求必定是十分简单的。因为他有重要得多的事情要做，没有工夫关心物质方面的区区小事；他沉醉于精神王国的伟大享受，物质享受不再成为诱惑。

在一个人的生活中，精神需求相对于物质需求所占比例越大，他就离神越近。

智者的共同特点是：一方面，因为看清了物质快乐的有限，最少的物质就能使他们满足；另一方面，因为渴望无限的精神快乐，再多的物质也不能使他们满足。

我一向认为，人最宝贵的东西，一是生命，二是心灵，而若能享受本真的生命，拥有丰富的心灵，便是幸福。这当然必须免去物质之忧，但并非物质越多越好，相反，毋宁说这二者的实现是以物质生活的简单为条件的。一个人把许多精力给了物质，就没有什么闲心来照看自己的生命和心灵了。诗意的生活一定是物质上简单的生活，这在古今中外所有伟大的诗人、哲人、圣人身上都可以得到印证。

活着写作是多么美好

1

我爱读作家、艺术家写的文论甚于理论家、批评家写的文论。当然，这里说的作家和理论家都是指够格的。我不去说那些写不出作品的低能作者写给读不懂作品的低能读者看的作文原理之类，这些作者的身份是理论家还是作家，真是无所谓的。好的作家文论能唤起创作欲，这种效果，再高明的理论家往往也无法达到。在作家文论中，帕乌斯托夫斯基的《金玫瑰》（亦译《金蔷薇》）又属别具一格之作，它诚如作者所说是一本论作家劳动的札记，但同时也是一部优美的散文集。书中云："某些书仿佛能迸溅出琼浆玉液，使我们陶醉，使我们受到感染，敦促我们拿起笔来。"此话正可以用来说它自己。 这本谈艺术创作的书本身就是一件精美的艺术作品，它用富有魅力的语言娓娓谈论着语言艺术的魅力。 传递给我们的不只是关于写作的知识或经验，而首先是对美、艺术、写作的热爱。 它使人真切感到：活着写作是多么美好！

2

回首往事，谁不缅怀童年的幸福？童年之所以幸福，是因为那时候我们有最纯净的感官。 在孩子眼里，世界每一天都是新的，样样事物都罩着神奇的色彩。 正如作者所说，童年时代的太阳要炽热得多，草要茂盛得多，雨要大得多，天空的颜色要深得多，周围的人要有趣得多。 孩子好奇的目光把世界照耀得无往而不美。 孩子是天生的艺术家，他们的感觉尚未受功利污染，也尚未被岁月钝化。 也许，对世界的这种新鲜敏锐的感觉已经是日后创作欲的萌芽了。

然后是少年时代，情心初萌，醉意荡漾，沉浸于一种微妙的心态，觉得每个萍水相逢的少女都那么美丽。羞怯而又专注的眼波，淡淡的发香，微启的双唇中牙齿

幸福

幸福喜欢捉迷藏。

我们年轻时，它躲藏在未来，
引诱我们前去寻找它。

曾几何时，
我们发现自己已经把它错过，
于是回过头来，
又在记忆里寻找它。

的闪光，无意间碰到的冰凉的手指，这一切都令人憧憬爱情，感到一阵甜蜜的惆怅。那是一个几乎人人都曾写诗的年龄。

但是，再往后情形就不同了。"诗意地理解生活，理解我们周围的一切——是我们从童年时代得到的最可贵的礼物。要是一个人在成年之后的漫长的冷静岁月中，没有丢失这件礼物，那么他就是个诗人或者作家。"可惜的是，多数人丢失了这件礼物。也许是不可避免的，匆忙的实际生活迫使我们把事物简化、图式化，无暇感受种种细微差别。概念取代了感觉，我们很少看、听和体验。当伦敦居民为了谋生而匆匆走过街头时，哪有闲心去仔细观察街上雾的颜色？谁不知道雾是灰色的！直到莫奈到伦敦把雾画成了紫红色的，伦敦人才始而愤怒，继而吃惊地发现莫奈是对的，于是称他为"伦敦雾的创造者"。

一个艺术家无论在阅历和技巧方面如何成熟，在心灵上却永是孩子，不会失去童年的清新直觉和少年的微妙心态。他也许为此要付出一些代价，例如在功利事务上显得幼稚笨拙。然而，有什么快乐比得上永远新鲜的美感的快乐呢？即使那些追名逐利之辈，偶尔回忆起早年曾有过的"诗意地理解生活"的情趣，不也会顿生怅然若失之感么？蒲宁坐在车窗旁眺望窗外渐渐消融的烟影，赞叹道："活在世上是多么愉快呀！哪怕只能看到这烟和光也心满意足了。我即使缺胳膊断腿，只要能坐在长凳上望太阳落山，我也会因而感到幸福的。我所需要的只是看和呼吸，仅此而已。"的确，蒲宁是幸福的，一切对世界永葆新鲜美感的人是幸福的。

3

自席勒以来，好几位近现代哲人主张艺术具有改善人性和社会的救世作用。对此当然不应作肤浅的理解，简单地把艺术当作宣传和批判的工具。但我确实相信，一个人，一个民族，只要爱美之心犹存，就总有希望。相反，"哀莫大于心死"，倘若对美不再动心，那就真正无可救药了。

据我观察，对美敏感的人往往比较有人情味，在这方面迟钝的人则不但性格枯燥，而且心肠多半容易走向冷酷。民族也是如此，爱美的民族天然倾向自由和民主，厌恶教条和专制。对土地和生活的深沉美感是压不灭的潜在的生机，使得一个民族不会长期忍受僵化的政治体制和意识形态，迟早要走上革新之路。

帕乌斯托夫斯基擅长用信手拈来的故事，尤其是大师生活中的小故事，来说明这一类艺术的真理。有一天，安徒生在林中散步，看到那里长着许多蘑菇，便设法在每一个蘑菇下边藏了一件小食品或小玩意儿。次日早晨，他带守林人的七岁的女儿走进这片树林。当孩子在蘑菇下发现这些意想不到的小礼物时，眼睛里燃起了难以形容的惊喜。安徒生告诉她，这些东西是地精藏在那里的。

"您欺骗了天真的孩子！"一个耳闻此事的神父愤怒地指责。

安徒生答道："不，这不是欺骗，她会终生记住这件事的。我可以向您担保，她的心决不会像那些没有经历过这则童话的人那样容易变得冷酷无情。"

在某种意义上，美、艺术都是梦。但是，梦并不虚幻，它对人心的作用和它在人生中的价值完全是真实的。弗洛伊德早已阐明，倘没有梦的疗慰，人人都非患神经官能症不可。帕氏也指出，对想象的信任是一种巨大的力量，源于生活的想象有时候会反过来主宰生活。不妨设想一下，倘若彻底排除掉梦、想象、幻觉的因素，世界不再有色彩和音响，人心不再有憧憬和战栗，生命还有什么意义？帕氏谈到，人人都有存在于愿望和想象之中的、未在现实生活中得到实现的"第二种生活"。应当承认，这"第二种生活"并非无足轻重的。说到底，在这世界上，谁的经历不是平凡而又平凡？内心经历的不同才在人与人之间铺设了巨大的鸿沟。《金玫瑰》中那个老清扫工夏米的故事是动人的，他怀着异乎寻常的温情，从银匠作坊的尘土里收集金粉，日积月累，终于替他一度抚育过的苏珊娜打了一朵精致的金玫瑰。小苏珊娜曾经盼望有人送她这样一朵金玫瑰，可这时早已成年，远走高飞，不知去向。夏米悄悄地死去了，人们在他的枕头下发现了用天蓝色缎带包好的金玫瑰，缎带皱皱巴

巴，发出一股耗子的臊味。不管夏米的温情如何没有结果，这温情本身已经足够伟大。一个有过这番内心经历的夏米，当然不同于一个无此经历的普通清扫工。在人生画面上，梦幻也是真实的一笔。

4

作为一个作家，帕氏对于写作的甘苦有真切的体会。我很喜欢他谈论创作过程的那些篇章。

创作过程离不开灵感。所谓灵感，其实包括两种不同状态。一是指稍纵即逝的感受、思绪、意象等等的闪现，或如帕氏所说，"不落窠臼的新的思想或新的画面像闪电似的从意识深处迸发出来"。这时必须立即把它们写下来，不能有分秒的耽搁，否则它们会永远消逝。这种状态可以发生在平时，便是积累素材的良机，也可以发生在写作中，便是文思泉涌的时刻。另一是指预感到创造力高涨而产生的喜悦，屠格涅夫称之为"神的君临"，阿·托尔斯泰称之为"涨潮"。这时候会有一种欲罢不能的写作冲动，尽管具体写些什么还不清楚。帕氏形容它如同初恋，心由于预感到即将有奇妙的约会，即将见到美丽的明眸和微笑，即将作欲言又止的交谈而怦怦跳动。也可以说好像踏上一趟新的旅程，为即将有意

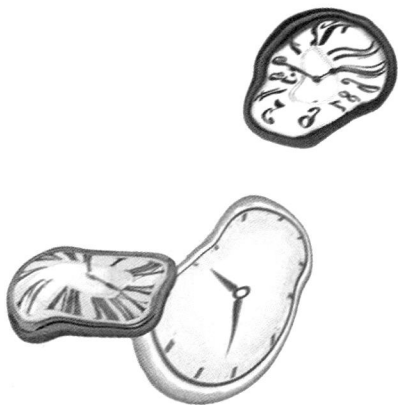

想不到的幸福邂逅、即将结识陌生可爱的人和地方而欢欣鼓舞。

灵感不是作家的专利，一般人在一生中多少都有过新鲜的感受或创作的冲动，但要把灵感变成作品绝非易事，而作家的甘苦正在其中。老托尔斯泰说得很实在："灵感就是突然显现出你所能做到的事。灵感的光芒越是强烈，就越是要细心地工作，去实现这一灵感。"帕氏举了许多大师的例子说明实现灵感之艰难。福楼拜写作非常慢，为此苦恼不堪地说："这样写作品，真该打自己耳光。"陀思妥耶夫斯基发现，他写出来的作品总是比构思时差，便叹道："构思和想象一部小说，远比将它遣之笔端要好得多。"帕氏自己也承认："世上没有任何事情比面对素材一筹莫展更叫人难堪，更叫人苦恼的了。"一旦进入实际的写作过程，预感中奇妙的幽会就变成了成败未知的苦苦追求，诱人的旅行就变成了前途未卜的艰苦跋涉。赋予飘忽不定的美以形式，用语言表述种种不可名状的感觉，这一使命简直令人绝望。勃洛克针对莱蒙托夫说的话适用于一切诗人："对子虚乌有的春天的追寻，使你陷入愤激若狂的郁闷。"海涅每次到卢浮宫，都要一连好几个小时坐在维纳斯雕像前哭泣。他怎么能不哭泣呢？美如此令人心碎，人类的语言又如此贫乏无力⋯⋯

　　然而，为写作受苦终究是值得的。除了艺术，没有什么能把美留住。除了作品，没有什么能把灵感留住。普利什文有本事把每一片飘零的秋叶都写成优美的散文，落叶太多了，无数落叶带走了他来不及诉说的思想。不过，他毕竟留住了一些落叶。正如费特的诗所说："这片树叶虽已枯黄凋落，但是将在诗歌中发出永恒的金光。"一切快乐都要求永恒，艺术家便是呕心沥血要使瞬息的美感之快乐常驻的人，他在创造的苦役中品味到了造物主的欢乐。

5

　　在常人看来，艺术与爱情有着不解之缘。唯有艺术家自己明白，两者之间还有着不可调和的冲突，

他们常常为此面临两难的抉择。

威尼斯去维罗纳的夜行驿车里，安徒生结识了热情而内向的埃列娜，她默默爱上了这位其貌不扬的童话作家。翌日傍晚，安徒生忐忑不安地走进埃列娜在维罗纳的寓所，然而不是为了向他同样也钟情的这个女子倾诉衷肠，而是为了永久的告别。他不相信一个美丽的女子会长久爱自己，连他自己也嫌恶自己的丑陋。说到底，爱情只有在想象中才能天长地久。埃列娜看出这个童话诗人在现实生活中却害怕童话，原谅了他。此后他俩再也没有见过面，但终生互相思念。

巴黎市郊莫泊桑的别墅外，一个天真美丽的姑娘拉响了铁栅栏门的门铃。这是一个穷苦女工，莫泊桑小说艺术的崇拜者。得知莫泊桑独身一人，她心里出现了一个疯狂的念头，要把生命奉献给他，做他的妻子和女奴。她整整一年省吃俭用，为这次见面置了一身漂亮衣裳。来开门的是莫泊桑的朋友，一个色鬼。他骗她说，莫泊桑携着情妇度假去了。姑娘惨叫一声，跟跄而去。色鬼追上了她。当天夜里她为了恨自己，恨莫泊桑，委身给了色鬼。后来她沦为名震巴黎的雏妓。莫泊桑听说此事后，只是微微一笑，觉得这是篇不坏的短篇小说的题材。

　　我把《金玫瑰》不同篇章叙述的这两则逸事放到一起，也许会在安徒生的温柔的自卑和莫泊桑的冷酷的玩世不恭之间造成一种对照，但他们毕竟有一点是共同的，就是珍惜艺术胜于珍惜现实中的爱情。据说这两位大师临终前都悔恨了，安徒生恨自己错过了幸福的机会，莫泊桑恨自己亵渎了纯洁的感情。可是我敢断言，倘若他们能重新生活，一切仍会照旧。

　　艺术家就其敏感的天性而言，比常人更易堕入情网，但也更易感到失望或厌倦。只有在艺术中才有完美。在艺术家心目中，艺术始终是第一位的。即使他爱得如痴如醉，倘若爱情的缠绵妨碍了他从事艺术，他就仍然会焦灼不安。即使他因失恋而痛苦，只要艺术的创造力不衰，他就仍然有生活的勇气和乐趣。最可怕的不是无爱的寂寞或失恋的苦恼，而是丧失创造力。在这方面，爱情的痴狂或平淡都构成了威胁。无论是安徒生式的逃避爱情，还是莫泊桑式的玩世不恭，实质上都是艺术本能所构筑的自我保护的堤坝。艺术家的确属于一个颠倒的世界，他把形式当作了内容，而把内容包括生命、爱情等等当作了形式。诚然，从总体上看，艺术是为人类生命服务的。但是，唯有以自己的生命为艺术服务的艺术家，才能创造出这为人类生命服务的艺术来。帕氏写道："如果说，时间能够使爱情……消失殆尽的话，那么时间却能够使真正的文学成为不朽之作。"人生中有一些非常美好的瞬息，为了使它们永存，活着写作是多么美好！

写作的
理由和限度

　　一个十八岁少女，最心爱的中国作家是曹雪芹、张爱玲，行李里放着一部书页发黄的《红楼梦》，怀着中文写作的愿望，却随父母移居到了美国。十年过去了，她现在的年龄应该属于所谓"新新人类"这一代，可是，读着她这本题为《夜宴图》的集子，我发现她和国内那些佩带日新月异的另类标签的文学新宠儿属于完全不同的人。我不禁为她庆幸，侨居异国虽然不是一个有利于母语写作的环境，但也使她远离了国内媒体的浮嚣和虚假成功的诱惑，得以在更深的层次上保护了写作的纯洁性。

　　凭着一种亲切的感应，我信任了孙笑冬的写作。她的这本处女作在体裁上难以定位，小说、散文、诗的界限被模糊了，还有一些像是从笔记本里摘出的断片，然而，这恰好向我们呈现了一种原初的写作状态，一个不是职业作家的人的经典写作方式。她不是在给出版商写书，而是在搜集自己生命岁月里的珍珠。"我们熟知的日常生活世界突然被一道情感的光芒照亮"——这是她对文学的理解。在书中，我们看到了突然被照亮的日常生活世界的这个或那个小角落：一席谈话，一则故事，一个场景，一尊面容……她的女性情感无比细腻温柔，但这柔和的光芒所照亮的是极其深邃的东西，那隐藏在黑夜中的存在之秘密，日常生活最为人熟视无睹的惊心动魄之处。

　　我之信任孙笑冬还有一个原因，便是她和一切认真的写作者一样，也被写作的理由和限度的问题苦恼着。她懂得，除了写作，也就是一次又一次地尝试叙述我们生活的故事，我们别无办法把握和超越我们必死的命运。但是，同时她又懂得，生活中有些故事，也许是那些最美丽或最悲痛的故事，是不能够进入我们的叙述的，因为在叙述的同时我们也就歪曲、贬低和彻底失去了它们。我们试图通过写作来把不可挽留的生活变成能够保存的作品，可是，一旦变成作品，我们所拥有的便只是作品而不复是生活了。

　　心爱作家中在世的那一个也走了，在获悉张爱玲死讯的第二天，她写了《绛唇珠袖两寂寞》。我觉得它是全书中最见功力的一篇，写得沉痛却又异常从容。张爱玲是在一间没有家具的公寓的地毯上孤单地死去的，死后七天才被警察发现。报道这则消息的报纸就压在那一部从北京带到普林斯顿的《红楼梦》下面。与现世的情感联系早早地断绝了，心已经枯萎，可是，在死之前还必须忍受最不堪的几十年的沦落和孤寂。这是在说与胡兰成离异后的爱玲，还是在说黛玉死后的宝玉？应该都是。作者由此悟到，续四十回中她曾经如此欣赏的一个描绘，宝玉出家前在雪野上披一袭大红猩猩毡斗篷向贾政大拜而别，这个场面实在过于美了，因而不可能是真实的结局。的确，真实的结局很可能也是几十年的孤寂。我想对孙笑冬说的是，即使曹雪芹自己写，几十年的孤寂是写得出来的吗？所以，我们也许只好用大拜而别的优美场面把宝玉送走，从而使自己能够对人生不可说的那一部分真相保持沉默了。这是否也是对写作的限度的一种遵守呢？

人生边上的智慧

　　杨绛九十六岁开始讨论哲学，她只和自己讨论，她的讨论与学术无关，甚至与她暂时栖身的这个热闹世界也无关。她讨论的是人生最根本的问题，同时是她自己面临的最紧迫的问题。她是在为一件最重大的事情做准备。走到人生边上，她想明白留在身后的是什么，前面等着她的又是什么。她的心态和文字依然平和，平和中却有一种令人钦佩的勇敢和敏锐。她如此诚实，以至于经常得不出确定的结论，却得到了可靠的真理。这位可敬可爱的老人，我分明看见她在细心地为她的灵魂清点行囊，为了让这颗灵魂带着全部最宝贵的收获平静地上路。

在前言中，杨先生如此写道："我正站在人生的边缘上，向后看看，也向前看看。向后看，我已经活了一辈子，人生一世，为的是什么呢？我要探索人生的价值。向前看呢，我再往前去，就什么都没有了吗？当然，我的躯体火化了，没有了，我的灵魂呢？灵魂也没有了吗？"这一段话点出了她要讨论的两大主题，一是人生的价值，二是灵魂的去向，前者指向生，后者指向死。我们读下去便知道，其实这两个问题是密不可分的。

在讨论人生的价值时，杨先生强调人生贯穿灵与肉的斗争，而人生的价值大致取决于灵对肉的支配。不过，这里的"灵"，并不是灵魂。杨先生说："我最初认为灵魂当然在灵的一面。可是仔细思考之后，很惊讶地发现，灵魂原来在肉的一面。"读到这句话，我也很惊讶，因为我们常说的灵与肉的斗争，不就是灵魂与肉体的斗争吗？但是，接着我发现，她把"灵魂"和"灵"这两个概念区分开来，是很有道理的。她说的灵魂，指不同于动物生命的人的生命，一个看不见的灵魂附在一个看得见的肉体上，就形成了一条人命，且各个自称为"我"。据我理解，这个意义上的灵魂，相当于每一个人的内在的"自我意识"，它是人的个体生命的核心。在

爱与孤独

爱可以抚慰孤独，
却不能也不该消除孤独，
如果爱妄图消除孤独，
就会失去分寸，
走向反面。

灵与肉的斗争中，表面上是肉在与灵斗，实质上是附于肉体的灵魂在与灵斗。所以，杨先生说："灵魂虽然带上一个'灵'字，并不灵，只是一条人命罢了。"我们不妨把"灵"字去掉，名之为"魂"，也许更确切。

肉与魂结合为"我"，是斗争的一方。那么，作为斗争另一方的"灵"是什么呢？杨先生造了一个复合概念，叫"灵性良心"。其中，"灵性"是识别是非、善恶、美丑等道德标准的本能，"良心"是遵守上述道德标准为人行事的道德心。她认为，"灵性良心"是人的本性中固有的。据我理解，这个"灵性良心"就相当于孟子说的人性固有的善"端"，佛教说的人皆有之的"佛性"。这里有一个疑问：作为肉与魂的对立面，这个"灵性良心"当然既不在肉体中，也不在灵魂中，它究竟居于何处，又从何方而来？对此杨先生没有明说。综观全书，我的推测是，它与杨先生说的"大自然的神明"有着内在的联系。这个"大自然的神明"，基督教称作神，孔子称作天。那么，"灵性良心"也就是人身上的神性，是"大自然的神明"在人身上的体现。天生万物，人为万物之灵，灵就灵在天对人有这个特殊的赋予。

接下来，杨先生对天地生人的目的有一番有趣的讨论。她的结论是：这个目的绝不是人所创造的文明，而是堪称万物之灵的人本身。天地生人，着重的是人身上的"灵"，目的当然就是要让这个"灵"获胜了。天地生人的目的又决定了人生的目的。唯有人能够遵循"灵性良心"的要求修炼自己，使自己趋于完善。不妨说，人生的使命就是用"灵"引导"魂"，使之成为名副其实的"灵魂"。用这个标准衡量，杨先生对人类的进步提出了质疑：几千年过去了，世道人心进步了吗？现代书籍浩如烟海，文化普及，各专业的研究务求精密，皆远胜于古人，但是对真理的认识突破了多少呢？如此等等。一句话，文明是大大发展了，但人之为万物之灵的"灵"的方面却无甚进步。

尤使杨先生痛心的是："当今之世，人性中的灵性良心，迷蒙在烟雨云雾间。"这位九十六岁的老人依然心明眼亮，对这个时代偏离神明指引的种种现象看得一清二楚：上帝已不在其位，财神爷当道，人世间只成了争权夺利、争名夺位的战场，穷人、富人有各自操不完的心，都陷在苦恼之中……在这个物欲横流的人世间，好人更苦："你存心做一个与世无争的老实人吧，人家就利用你，欺侮你。你稍有才德品貌，人家就嫉妒你、排挤你。你大度退让，人家就侵犯你、损害你。你要保护自己，就不得不时刻防御。你要不与人争，就得与世无求，同时还要维持实力，准备斗争。你要和别人和平共处，就先得和他们周旋，还得准备随处吃亏……"不难看出，杨先生说的是她的切身感受。她不禁发出悲叹："曾为灵性良心奋斗的人，看到自己的无能为力而灰心绝望，觉得人生只是一场无可奈何的空虚。"

况且我们还看到，命运惯爱捉弄人，笨蛋、浑蛋安享富贵尊荣，不学无术可以欺世盗名，有品德的人一生困顿不遇，这类事例数不胜数。"造化小儿的胡作非为，造成了一个不合理的人世。"这就使人对上天的神明产生了怀疑。然而，杨先生不赞成怀疑和绝望，她说："我们可以迷惑不解，但是可以设想其中或有缘故。因为上天的神明，岂是人人都能理解的呢？"进而设问："让我们生存的这么一个小小的地球，能是世人的归宿处吗？又安知这个不合理的人间，正是神明的大自然故意安排的呢？"如果我没有理解错的话，杨先生的潜台词是：这个人世间可能只是一个过渡，神明给人安排的真正归宿处可能在别处。在哪里呢？她没有说，但我们可设想的

只能是类似佛教的净土、基督教的
天国那样的所在了。

　　这一点推测，可由杨先生关于
灵魂不灭的论述证明。她指出：人
需要锻炼，而受锻炼的是灵魂，肉
体不过是中介，锻炼的成绩只留在
灵魂上；灵魂接受或不接受锻炼，就有不同程
度的成绩或罪孽；人死之后，肉体没有了，但
灵魂仍在，锻炼或不锻炼的结果也就仍在。她
的结论是："所以，只有相信灵魂不灭，才能
对人生有合理的价值观，相信灵魂不灭，得是
有信仰的人。有了信仰，人生才有价值。"

　　那么，杨先生到底相信不相信灵魂不灭呢？在正文
的末尾，她写道："有关这些灵魂的问题，我能知道什
么？我只能胡思乱想罢了。我无从问起，也无从回答。
孔子曰：'未知生，焉知死'，'不知为不知'，我的自问
自答，只可以到此为止了。"看来不能说她完全相信，她
好像是将信将疑，但信多于疑。虽然如此，我仍要说，
她是一个有信仰的人，因为在我看来，信仰的实质在于
不管是否确信灵魂不灭，都按照灵魂不灭的信念做人处

世，好好锻炼灵魂。孔子说"祭神如神在"，一个人若能事事都怀着"如神在"的敬畏之心，就可以说是有信仰的了。

杨先生向许多"聪明的年轻人"请教灵魂的问题，得到的回答很一致，都说人死了就是什么都没有了，而且对自己的见解都坚信不疑。我不禁想起了二千五百多年前苏格拉底的同样遭遇，当年这位哲人也曾向雅典城里许多"聪明的年轻人"请教灵魂的问题，得到的也都是自信的回答，于是发出了"我知道我一无所知"的感叹。杨先生也感叹："真没想到我这一辈子，脑袋里全是想不通的问题。""我提的问题，他们看来压根儿不成问题。""老人糊涂了！"但是，也和当年苏格拉底的情况相似，正是这种普遍的自以为知更激起了杨先生深入探究的愿望。我们看到，她不依据任何已有的理论或教义，完全依靠自己的生活经验和独立思考，一步一步自问自答，能证实的予以肯定，不能证实的存疑。例如肉体死后灵魂是否继续存在，她在举了亲近者经验中的若干实例后指出："谁也不能证实人世间没有鬼。因为'没有'无从证实；证实'有'，倒好说。"由于尚无直接经验，所以她自己的态度基本上是存疑，但决不断然否定。

杨先生的诚实和认真，着实令人感动。但不止于此，她还是敏锐和勇敢的，她的敏锐和勇敢令人敬佩。由于中国二千多年传统文化的实用品格，加上几十年的唯物论宣传和教育，人们对于看不见、摸不着的东西往往不肯相信，甚至毫不关心。杨先生问得好："'真、善、美'看得见吗？摸得着吗？看不见、摸不着的，不是只能心里明白吗？信念是看不见的，只能领悟。"我们的问题正在于太"唯物"了，只承认物质现实，不相信精神价值，于是把信仰视为迷信。她所求教的那些"聪明的年轻人"都是"先进知识分子"，大抵比她小一辈，其实也都是老年人了，但浸染于中国的实用文化传统和主流意识形态，对精神事物都抱着不思、不信乃至不屑的态度。杨先生尖锐地指出："什么都不信，就保证不迷吗？""他们的'不信不迷'使我很困惑。他们不是几个人。他们来自社会各界：科学界、史学界、文学界等，而他们的见解却这么一致、这么坚定，显然是代表这一时代的社会风尚，都重物质而怀疑看不见、摸不着的'形而上'境界。他们下一代的年轻人，是更加偏离'形而上'境界，也更偏重金钱和物质享受的。"凡是对我们时代的状况有深刻忧虑和思考的人都知道，杨先生的这番话多么切中时弊，不啻是醒世良言。这个时代有种种问题，最大的问题正是信仰的缺失。

我无法不惊异于杨先生的敏锐，这位九十六岁的老人实在比绝大多数比她年轻的人更年轻，心智更活泼，精神更健康。作为证据的还有附在正文后面的"注释"，我劝读者千万不要错过，尤其是《温德先生爬树》《劳神父》《记比邻双鹊》《〈论语〉趣》诸篇，都是大手笔写出的好散文啊。尼采有言："句子的步态表明作者是否疲倦了。"我们可以看出，杨先生在写这些文章时是怎样地毫不疲倦、精神饱满、兴趣盎然，遣词造句、布局谋篇是怎样地胸有成竹，收放自如，一切都在掌控之中。这些文章是一位九十六岁的老人写的吗？不可能。杨先生真是年轻！

自己的园地

你们读过法国作家圣埃克絮佩里写的《小王子》吗？如果没有，那就太可惜了，一定要找来读一读。在我看来，它是世界上最棒的一篇童话，哪怕你们拿全世界的唐老鸭和圣斗士跟我交换，我也决不肯。

童话的主人公是一个小王子，他住在一颗只比他大一点儿的星球上，与一株玫瑰为伴，天天为她浇水。有一天，他和玫瑰花拌了几句嘴，心里烦，便离开他的星球，出去漫游了。他先后到达六颗星球，遇见了一些可笑的大人。例如有一个商人，他的全部事情就是计算星星，他把这叫作"占有"。他就为"占有"而活着。他告诉小王子，他已经"占有"了一亿零

一百六十二万二千七百三十一颗星星。小王子问他："你
拿它们做什么呢？"他答："我把它们存在银行里去。"
小王子不明白这是什么意思，商人便解释说："这就是
说，我在一张纸条上写下我的星星的数目，然后把这张
纸条锁在抽屉里。"小王子问："这就完了吗？"商人答：
"当然，这样我就很富啦。"在别的星球上，小王子遇见
的大人们也都在为他不明白的东西活着，什么权力、虚
荣、学问呀。他心想：大人们真是怪透了。

小王子最后来到地球。在一片盛开的玫瑰园里，他
看见五千株玫瑰，不禁怀念起他自己的那株玫瑰来。他
的那株玫瑰与眼前这些玫瑰长得一模一样，但他却觉得
她是独一无二的。这是为什么呢？一只聪明的狐狸告诉
他："是你为你的玫瑰花费的时间，使你的玫瑰变得这么
重要。对于你使之驯服的东西，你是负有责任的。"

这句话说得好极了。一个人活在世上，必须有自己
真正爱好的事情，才会活得有意思。这爱好完全是出于
他的真性情的，而不是为了某种外在的利益，例如为了
金钱、名声之类。他喜欢做这件事情，只是因为他觉得
事情本身非常美好，他被事情的美好所吸引。这就好像
一个园丁，他仅仅因为喜欢而开辟一块自己的园地，他

在其中种上美丽的花木，为它们倾注了自己的心血。当他在自己的园地上耕作时，他心里非常踏实。无论他走到哪里，他也都会牵挂着那些花木，如同母亲牵挂自己的孩子。这样一个人，他一定会活得很充实的。相反，一个人如果没有自己的园地，不管他当多大的官，做多大的买卖，他本质上始终是空虚的。这样的人一旦丢了官，破了产，他的空虚就暴露无遗了，会惶惶不可终日，发现自己在世界上无事可做，也没有人需要他，成了一个多余的人。

事实上，我们在小时候往往都是有真性情的。就像小王子所说的："只有孩子们知道他们在寻找些什么，他们会为了一个破布娃娃而不惜让时光流逝，于是那布娃娃就变得十分重要，一旦有人把它们拿走，他们就哭了。"孩子并不问布娃娃值多少钱，它当然不值钱啦，可是，他们天天抱着它，和它说话，便对它有了感情，它就比一切值钱的东西更有价值了。一个人在衡量任何事物时，看重的是它们在自己生活中的意义，而不是它们能给自己带来多少实际利益，这样一种生活态度就是真性情。

小王子十分幸运，他在地球上终于遇见了一个能够理解他的大人，那就是这篇童话的作者。他和小王子特别谈得来，不过，正因为如此，他在大人们中间真是非常孤独。他和大人们谈什么都谈不通，就只好和他们谈桥牌、高尔夫球、政治、领带什么的，而他们也就很高兴自己结识了一个正经人。后来，小王子因为想念他的玫瑰花，回到那个小星球去了。那么，现在这位圣埃克絮佩里在哪里呢？他是第二次世界大战时法国最出色的飞行员，在一次飞行中失踪了。我相信，他一定是去寻找他的小王子了。

　　休闲已经成为一种时尚。在今天，如果一个人不是经常地泡酒吧、茶馆或咖啡厅，不是熟门熟路地光顾各种名目的娱乐场所，他基本上可以算是落伍了。还有那些往往设在郊外风景区的度假村，据说服务项目齐全，当然主要是针对男人们而言。为了刺激和满足休闲的需要，一个遍布全国各地的休闲产业正在兴起。

　　我们的生活曾经十分单调，为谋生而从事的职业性劳动占据了最大比例，剩下的闲暇时间少得可怜。那时候有一句流行的话："不会休息的人就不会工作。"位置摆得很清楚：闲暇时间只是用来休息，而休息又只是为工作服务。现在，对于相当一部分人来说，情况已经改变。当闲暇时间足够长的时候，它的意义就不只是为职业性劳动恢复和积蓄体力或脑力，而是越来越具有了独立的价值。我们的生活质量不再仅仅取决于我们怎样工作，同时也取决于我们怎样消度闲暇。"休闲""消闲"完全是新的生活概念，表明闲暇本身要求用丰富的内容来充实它，这当然是一大进步。

然而，正因为如此，至少我是不愿意把闲暇交给时尚去支配的。在现有社会条件下，多数人的职业选择仍然不可避免地带有一定的强制性，唯有闲暇是能够自由支配的时间。闲暇之可贵，就在于我们在其中可以真正做自己的主人，展现自己的个性。时尚不过是流行的趣味罢了，其实是最没有个性的。在酒吧的幽暗烛光下沉思，在咖啡厅的温馨气氛中约会，也许是很有情调的事情。可是，倘若只是为了情调而无所用心地坐在酒吧和咖啡厅里，消磨掉一个又一个昼夜，我觉得那种生活实在无聊。

作为一种时尚的休闲，本质上是消费行为。平时忙于赚钱，紧张而辛苦，现在花钱买放松，买快乐，当然无可非议。可是，如果闲暇只是用来放松，它便又成了为工作服务的东西，失去了独立的价值。至于说快乐，我始终认为是有档次之分的。追求官能的快乐也没有什么不好，但如果仅限于此，不知心灵的快乐为何物，档次就未免太低。在这意义上，消度闲暇的方式的确表明了一个人的精神品级。

休闲的方式应该是各人不同的，如果雷同就一定是出了问题。"休闲"这个概念本身具有导向性，其实

"闲"并非只可用来"休"。清人张潮有言:"能闲世人之所忙者,方能忙世人之所闲。"改用他的话,不妨说,积极的休闲方式是闲自己平时之所忙,从而忙自己平时之所闲。每一个人的生命都蕴藏着多方面的可能性,任何一种职业在最好的情形下也只是实现了某一些可能性,而压抑了其余的可能性。闲暇便提供了一个机会,可以尝试去实现其余的可能性。人是不能绝对地无所事事的,做平时想做而做不了的事,发展自己在职业中发展不了的能力,这本身是莫大的享受。所以,譬如说,一个商人在闲时读书,一个官员在闲时写书,在我看来都是极好的休闲。

生活需要
大智慧

理想主义

1

据说，一个人如果在十四岁时不是理想主义者，他一定庸俗得可怕，如果在四十岁时仍然是理想主义者，他又未免幼稚得可笑。

我们或许可以引申说，一个民族如果全体都陷入某种理想主义的狂热，当然太天真，如果在它的年轻人中竟然也难觅理想主义者，又实在太堕落了。

由此我又相信，在理想主义普遍遭耻笑的时代，一个人仍然坚持做理想主义者，就必定不是因为幼稚，而是因为精神上的成熟和自觉。

2

有两种理想。一种是社会理想，旨在救世和社会改造。另一种是人生理想，旨在自救和个人完善。如果说前者还有一个是否切合社会实际的问题，那么，对于后者来说，这个问题根本不存在。人生理想仅仅关涉个人的灵魂，在任何社会条件下，一个人总是可以追求智慧和美德的。如果你不追求，那只是因为你不想，决不能以不切实际为由来替自己辩解。

3

理想有何用？

人有灵魂生活和肉身生活。灵魂生活也是人生最真实的组成部分。理想便是灵魂生活的寄托。

所以，就处世来说，如果世道重实利而轻理想，理想主义会显得不合时宜；就做人来说，只要一个人看重灵魂生活，理想主义对他便永远不会过时。

当然，对于没有灵魂的东西，理想毫无用处。

4

对于一切有灵魂生活的人来说，精神的独立价值和神圣价值是不言而喻的，是无法证明也不需证明的公理。

5

圣徒是激进的理想主义者，智者是温和的理想主义者。在没有上帝的世界里，一个寻求信仰而不可得的理想主义者会转而寻求智慧的救助，于是成为智者。

6

我们永远只能生活在现在，要伟大就现在伟大，要超脱就现在超脱，要快乐就现在快乐。总之，如果你心目中有了一种生活的理想，那么，你应该现在就来实现它。倘若你只是想象将来有一天能够伟大、超脱或快乐，而现在却总是委琐、钻营、苦恼，则我敢断定你永远不会有伟大、超脱、快乐的一天。作为一种生活态度，理想是现在进行时的，而不是将来时的。

7

"善"有两层意思。一是指个人的善，即个人道德上、人格上、精神上的提高和完善。另一是指社会的善，即社会的进步和公正。这两方面都牵涉到理想和价值标准的问题。"善"的个人是好人，"善"的社会是好社会，可是好人和好社会应该是什么样子的呢？对于个人来说，理想的人性模式是怎样的，怎样度过一生才最有意义？对于社会来说，如何判断一个社会是否公正，社会进步的目标究竟是什么？这些问题并无现成的一成不变的答案，需要每个人和每代人进行独立的探索。我们只能确定一点，就是无论个人还是社会都要有理想，并且为实现理想而努力。没有理想，个人便是堕落的个人，社会便是腐败的社会。

你的人生许多痛苦源于盲目较劲

1. 分清自己能否支配

人生智慧的一个重要方面，是分清什么是自己能够支配的，什么是自己不能支配的。对于自己不能支配的，你只能顺其自然。对于自己能够支配的，你要努力，至于努力的结果是什么，也不妨顺其自然。

2. 不较劲的智慧

人生许多痛苦的原因在于盲目地较劲。所以，你要具备不较劲的智慧，这包括三个方面：

第一，不和自己较劲，对自己要随性。你要认清自己的禀赋和性情，在人世间找到最适合自己的位置，不和别人攀比。

第二，不和他人较劲，对他人要随缘。你要明白人与人之间有没有缘和缘的深浅是基本确定了的，在每个具体情境中做到大致心中有数，不对任何人强求。

第三，不和老天较劲，对老天要随命。你要记住人无法支配自己的命运，但可支配自己对命运的态度，平静地承受落在自己头上的必不可免的遭遇。

3. 和外部遭遇拉开距离

一个人活在世界上，必须学会和自己的外部遭遇拉开距离。这有两层意思。

其一，面对你的外部遭遇，你要保持内心的自主。人往往容易受既有的遭遇支配，被已经发生的情况拖着走，走向自己并不想去的地方。其实，既有的遭遇未必就决定了未来的走向，在多数情况下，人仍然是有选择的自由的，你一定不要放弃这个自由，而你的未来走向在很大程度上就取决于你能否用好这个自由。

其二，面对你的外部遭遇，你要保持内心的宁静。如果既有的遭遇足够严重，已经发生的情况对你的打击足够大，到了彻底改变你的未来走向的地步，那就坦然地接受吧。这个时候必须有超脱的眼光，人终有一死，一切祸福得失都是过眼烟云，不必太在乎。

总之，如果可能，就做命运的主人，不向它屈服；如果不可能，就做命运的朋友，不和它较劲。

4.不要死在一件小事上

如果你把全部注意力放在一件事上，那件事多么小也会被无限放大，仿佛是天大的事。那么，调转你的视线吧，去看人间的百态，历史的变迁，宇宙的广袤，再回头看那件事，你就会发现它多么微不足道了。让你的心灵活在一个广阔的世界上，你就不会死在一件小事上了。可悲的是，死在一件小事上的人何其多也。

5.思虑伤身，多思健体

思虑伤身，为日常生活中的小事、琐事而忧虑、烦恼、痛苦，这种情况因为频繁发生而日积月累，事实上最容易致病。相反，有思考习惯和能力的人，能够以理智的态度和宽阔的胸怀面对人世间的事情，不但不会伤身，反而可以健体。那些想大问题的人，哪怕想的是苦难和死亡，比如苏格拉底和佛陀，身体都好得很。

6.警惕小事

想大问题，哪怕是想死亡这种可怕的大问题，并不会损害健康。相反，为小事纠结、烦恼、愤怒，却是最伤身的。

人面临大事往往会诉诸理性，因此比较冷静。相反，却很容易被小事刺激得怒火中烧，怨气郁结。

结论是：警惕小事，面对小事你要控制住自己的情绪。

7. 间接的自怨

自怨是最痛苦的。有直接的自怨，因为自知做错了事，违背了自己的心愿或原则，便生自己的气，甚至看不起自己。也有间接的自怨，怨天尤人归根结底也是自怨，怨自己无能或运气不好。不错，你碰上了倒霉事，可是你就因此成为一个倒霉蛋了吗？如果你怨气冲天，那你的确是的。但你还可以有另一种态度，就是平静地面对。是否碰上倒霉事，这是你支配不了的，做不做倒霉蛋，这是你可以支配的。一个自爱自尊的人是不会怨天尤人的，没有人能够真正伤害他的自足的心。

生命的伟大
内在

1

小时候，也许我也曾经像那些顽童一样，尾随一个盲人，一个瘸子，一个驼背，一个聋哑人，在他们的背后指指戳戳，嘲笑，起哄，甚至朝他们身上扔石子。如果我那样做过，现在我忏悔，请求他们的原谅。

即使我不曾那样做过，现在我仍要忏悔。因为在很长的时间里，我多么无知，竟然以为残疾人和我是完全不同的种类，在他们面前，我常常怀有一种愚蠢的优越感，一种居高临下的怜悯。

现在，我当然知道，无论是先天的残疾，还是后天的残疾，这厄运没有落到我的头上，只是侥幸罢了。遗传，胚胎期的小小意外，人生任何年龄都可能突发的病变，车祸，地震，不可预测的飞来横祸，种种造成了残疾的似乎偶然的灾难原是必然会发生的，无人能保证自己一定不被选中。

被选中诚然是不幸，但是，暂时——或者，直到生命终结，那其实也是暂时——未被选中，又有什么可优越的？那个病灶长在他的眼睛里，不是长在我的眼睛里，他失明了，我仍能看见。那场地震发生在他的城市，不是发生在我的城市，他失去了双腿，我仍四肢齐全……我要为此感到骄傲吗？我多么浅薄啊！

上帝掷骰子，我们都是芸芸众生，都同样地无助。阅历和思考使我懂得了谦卑，懂得了天下一切残疾人都是我的兄弟姐妹。在造化的恶作剧中，他们是我的替身，他们就是我，他们在替我受苦，他们受苦就是我受苦。

2

我继续问自己：现在我不瞎不聋，肢体完整，就证明我不是残疾了吗？我双眼深度近视，摘了眼镜寸步难行，不敢独自上街。在运动场上，我跑不快，跳不高，看着那些矫健的身姿，心中只能羡慕。置身于一帮能歌善舞的朋友中，我为我的身体的笨拙和歌喉的喑哑而自卑。在所有这些时候，我岂不都觉得自己是一个残疾人吗？

事实上，残疾与健全的界限是十分相对的。从出生那一天起，我们每一个人的身体就已经注定要走向衰老，会不断地受到损坏。由于环境的限制和生活方式的片面，我们的许多身体机能没有得到开发，其中有一些很可能已经萎缩。严格地说，世上没有绝对健全的人。有形的残缺仅是残疾的一种，在一定的意义上，人人皆患着无形的残疾，只是许多人对此已经适应和麻木了而已。

人的肉体是一架机器，如同别的机器一样，它会发生故障，会磨损、折旧并且终于报废。人的肉体是一团物质，如同别的物质一样，它由元素聚合而成，最后必定会因元素的分离而解体。人的肉体实在太脆弱了，它经受不住钢铁、石块、风暴、海啸的打击，火焰会把它烤焦，严寒会把它冻伤，看不见的小小的病菌和病毒也会置它于死地。

不错，我们有千奇百怪的养生秘方，有越来越先进的医疗技术，有超级补品、冬虫夏草、健身房、整容术，这一切都是用来维护肉体的。可是，纵然有这一切，我们仍无法防备种种会损毁肉体的突发灾难，仍不能逃避肉体的必然衰老和死亡。

我不得不承认，如果人的生命仅是肉体，则生命本身就有着根本的缺陷，它注定会在岁月的风雨中逐渐地或突然地缺损，使它的主人成为明显或不明显的残疾人。那么，生命抵御和战胜残疾的希望究竟何在？

3

我的眼前出现了一系列高贵的残疾人形象。在西方，从盲诗人荷马，到双耳失聪的大音乐家贝多芬，双目失明的大作家赫尔博斯，全身瘫痪的大科学家霍金，当然，还有又瞎又聋又瘫的永恒的少女海伦·凯勒。在中国，从受了腐刑的司马迁，受了膑刑的孙子，到瞎子阿炳，以及今天仍然坐着轮椅在文字之境中自由驰骋的史铁生。他们的肉体诚然缺损了，但他们的生命因此也缺损了吗？当然不，与许多肉体没有缺损的人相比，他们拥有的是多么完整而健康的生命。

由此可见，生命与肉体显然不是一回事，生命的质量肯定不能用肉体的状况来评判。肉体只是一个躯壳，是生命的载体，它的确是脆弱的，很容易破损。但是，寄寓在这个躯壳之中，又超越于这个躯壳，我们更有一个不易破损的内在生命，这个内在生命的通俗名称叫作精神或者灵魂。就其本性来说，灵魂是一个单纯的整体，而不像肉体那样由许多局部的器官组成。外部的机械力量能够让人的肢体断裂，但不能切割下哪怕一小块人的灵魂。自然界的病菌能够损坏人的器官，但没有任何路径可以侵蚀人的灵魂。总之，一切能够致残肉体的因素，都不能致残我们的内在生命。正因为此，一个人无论躯体怎样残缺，仍可使自己的内在生命保持完好无损。

原来，上帝只在一个不太重要的领域里掷骰子，在现象世界播弄芸芸众生的命运。在本体世界，上帝是公平的，人人都被赋予了一个不可分割的灵魂，一个永远不会残缺的内在生命。同样，在现象世界，我们的肉体受千百种外部因素的支配，我们自己做不了主人。可是，在本体世界，我们是自己内在生命的主人，不管外在遭遇如何，都能够以尊严的方式活着。

4

诗人里尔克常常歌咏盲人。在他的笔下，盲人能穿

越纯粹的空间，能听见从头发上流过的时间和在脆玻璃上玎玲作响的寂静。 在热闹的世界里，盲人是安静的，而他的感觉是敏锐的，能以小小的波动把世界捉住。 最后，面对死亡，盲人有权宣告："那把眼睛如花朵般摘下的死亡，将无法企及我的双眸……"

是的，我也相信，盲人失去的只是肉体的眼睛，心灵的眼睛一定更加明亮，能看见我们看不见的事物，生活在一个更本质的世界里。

感官是通往这个世界的门户，同时也是一种遮蔽，会使人看不见那个更高的世界。 貌似健全的躯体往往充满虚假的自信，踌躇满志地要在外部世界里闯荡，寻求欲望和野心的最大满足。 相反，身体的残疾虽然是限制，同时也是一种敞开。 看不见有形的事物了，却可能因此看见了无形的事物。 不能在人的国度里行走了，却可能因此行走在神的国度里。 残疾提供了一个机会，使人比较容易觉悟到外在生命的不可靠，从而更加关注内在生命，致力于灵魂的锻炼和精神的创造。

在这个意义上，不妨说，残疾人更受神的眷顾，离神更近。

5

上述思考为我确立了认识残奥会的一个角度，一种立场。

残疾人为何要举办体育运动会？为何要撑着拐杖赛跑，坐着轮椅打球？是为了证明他们残缺的躯体仍有力量和技能吗？是为了争到名次和荣誉吗？从现象看，是；从本质看，不是。

其实，与健康人的奥运会比，残奥会更加鲜明地表达了体育的精神意义。人们观看残奥会，不会像观看奥运会那样重视比赛的输赢。人们看重的是什么？残奥会究竟证明了什么？

我的回答是：证明了残疾人仍然拥有完整的内在生命，在生命本质的意义上，残疾人并不残疾。

残奥会证明了人的内在生命的伟大。

好梦何必成真

好梦成真——这是现在流行的一句祝词，人们以此互相慷慨地表达友善之意。每当听见这话，我就不禁思忖：好梦都能成真，都非要成真吗？

有两种不同的梦。

第一种梦，它的内容是实际的，譬如说，梦想升官发财，梦想娶一个倾国倾城的美人或嫁一个富甲天下的款哥，梦想得诺贝尔奖等等。对于这些梦，弗洛伊德的定义是适用的：梦是未实现的愿望的替代。未实现不等于不可能实现，世上的确有人升了官发了财，娶了美人或嫁了富翁，得了诺贝尔奖。这种梦的价值取决于能否

变成现实，如果不能，我们就说它是不切实际的梦想。

第二种梦，他的内容与实际无关，因而不能用能否变成现实来衡量它的价值。譬如说，陶渊明梦见桃花源，鲁迅梦见好的故事，但丁梦见天堂，或者作为普通人的我们梦见一片美丽的风景。这种梦不能实现也不需要实现，它的价值在其自身，做这样的梦本身就是享受，而记载了这类梦的《桃花源记》《好的故事》《神曲》本身便成了人类的精神财富。

所谓好梦成真往往是针对第一种梦发出的祝愿，我承认有其合理性。一则古代故事描绘了一个贫穷的樵夫，说他白天辛苦打柴，夜晚大做其富贵梦，奇异的是每晚的梦像连续剧一样向前推进，最后好像是当上了皇帝。这个樵夫因此过得十分快活，他的理由是：倘若把夜晚的梦当成现实，把白天的现实当成梦，他岂不就是天下最幸福的人。这种自欺的逻辑遭到了当时人的哄笑，我相信我们今天的人也多半会加入哄笑的行列。

可是，说到第二种梦，情形就很不同了，我想把这种梦的范围和含义扩大一些，举凡组成一个人的心灵生活的东西，包括生命的感悟、艺术的体验、哲学的沉思、宗教的信仰，都可这样归入其中。这样的梦永远不会变成看得见摸得着的直接现实，在此意义上不可能成真。但也不必在此意义上成真，因为它们有着与第一种梦完全不同的实现方式，不妨说，它们的存在本身就已经构成了一种内在的现实，这样的好梦本身就已经是一种真。对真的理解应该宽泛一些，你不能说只有外在的荣华富贵是真实的，内在的智慧教养是虚假的。一个内心生活丰富的人，与一个内心贫乏的人，他们是在实实在在的意义上过着截然不同的生活。

我把第一种梦称作物质的梦，把第二种梦称作精神的梦。不能说做第一种梦的人庸俗，但是，如果一个人只做物质的梦，从不做精神的梦，说他庸俗就不算冤枉。如果整个人类只梦见黄金而从不梦见天堂，则即使梦想成真，也只是生活在铺满金子的地狱里而已。

杂

杂
感

1. 你究竟想要什么

我们活在世上，必须知道自己究竟想要什么。一个人认清了他在这世界上要做的事情，并且在认真地做着这些事情，他就会获得一种内在的平静和充实。

在商场里，有的人总是朝人多的地方挤，去抢购大家都在买的东西，结果买了许多自己不需要的东西，还为没有买到另外许多自己不需要的东西而痛苦。那些不知道自己究竟想要什么的人，就生活在同样可悲的境况中。

2. 懒惰和怯懦

世界上特立独行的人为什么这么少？原因有二。一是懒惰，因为一个人要对自己负责，成为一个独特的自己，是必须付出巨大的努力的，许多人怕吃苦，怕麻烦，就宁愿放松自己，做一个平庸的人。二是怯懦，因为在一个大家都平庸的环境里，少数人若仍要追求优秀和独特，就会遭到讥笑、嫉妒甚至迫害，于是为了自保而退缩，违心地随大流。

由此可见，是多数人的懒惰导致了少数人的怯懦。相反，如果人人都对自己负责，以优秀为荣，因而也就能够欣赏别人的优秀，这样的环境是最适合于特立独行的人生长的。

3. 用自己的眼睛看

每个人都睁着眼睛，但不等于每个人都在看世界。许多人几乎不用自己的眼睛看，他们只听别人说，他们看到的世界永远是别人说的样子。人们在人云亦云中视而不见，世界就成了一个雷同的模式。一个人真正用自己的眼睛看，就会看见那些不能用模式概括的东西，看见一个与众不同的世界。

4. 对忙的警惕

在今天的世界上，大家都很忙，我似乎也不例外。但是，对于忙，我始终有一种警惕。我确立的两个界限，第一要忙得愉快，只为自己真正喜欢的事忙；第二要忙得有分寸，做多么喜欢的事也不让自己忙昏了头。其实，正是做自己喜欢的事，更应该从容，心灵是清明而活泼的，才会把事情做好，也才能享受做事的快乐。

5. 人生道路的内和外

人生的道路分内外两个方面。外在方面是一个人的外部经历，它是有形的，可以简化为一张履历表，标示出了曾经的职业、地位、荣誉等等。内在方面是一个人的心路历程，它是无形的，生命的感悟，情感的体验，理想的追求，这些都是履历表反映不了的。

我的看法是，尽管如此，内在方面比外在方面重要得多，它是一个人的人生道路的本质部分。我还认为，外在方面往往由命运、时代、环境、机遇决定，自己没有多少选择的主动权，在尽力而为之后，不妨顺其自然，而应该把主要努力投注于自己可以支配的内在方面。

6. 衡量职业好坏的标准

职业的好坏是因人而异的。所谓好，就是适合于自己。那么，怎么确定一个职业是否适合于自己呢？我认为应该符合三个条件：一，有强烈的兴趣，甚至到了不给钱也一定要干的程度；二，有明晰的意义感，确信自己的生命价值借此得到了实现；三，能够靠它养活自己。

7. 不做网虫

对今天青年人的一句忠告：多读书，少上网。你可以是一个网民，但你首先应该是一个读者。如果你不读书，只上网，你就真成一条网虫了。称网虫是名副其实的，整天挂在网上，看八卦，聊天，玩游戏，精神营养极度不良，长成了一条虫。

网虫是什么好名头啊。做书虫当然也不好。不过，书籍是人类精神财富的主要宝库，你只要善于利用这个宝库，吸取营养，就一定会发育良好，成为精神上强健的人。

我承认互联网是一个好工具，然而，要把它当工具使用，前提是你精神上足够强健。否则，结果只能是它把你当工具使用，诱使你消费，它赚了钱，你却被毁了。

8. 从太想要的东西中跳出来

一样东西，如果你太想要，就会把它看得很大，甚至大到成了整个世界，占据了你的全部心思。一个人一心争利益，或者一心创事业的时候，都会出现这种情况。我的劝告是，最后无论你是否如愿以偿，都要及时从中跳出来，如实地看清它在整个世界中的真实位置，亦即它在无限时空中的微不足道。这样，你得到了不会忘乎所以，没有得到也不会痛不欲生。

9. 判断一个人有无灵魂的好机会

雨天，你打着伞，在一条狭窄的街道上行走。路上有积水，你尽量靠边，小心翼翼，怕汽车驶过时水溅在你身上。你看不清驾车人的面孔，但这时你能格外分明地看清他的灵魂，或者说，看清他有没有灵魂。有灵魂的驾车人一定会减速，生怕溅起水来。相反，一辆车呼啸而过，溅你一身水，你可以有把握地断定，里面坐着一个没有灵魂的人。

有做人尊严的人，一定也尊重他人。同样，不把别人当人的人，暴露了首先不把自己当人。

10. 沉默是一种美

话语是一种权力——这个时髦的命题使得那些爱说话的人欣喜若狂，他们越发爱说话了，在说话时还摆出了一副大权在握的架势。

我的趣味正相反。我的一贯信念是：沉默比话语更接近本质，美比权力更有价值。在这样的对比中，你们应该察觉我提出了一个相反的命题：沉默是一种美。

11. 真正的好东西

只有你自己做了父母，品尝到了养育小生命的天伦之乐，你才会知道不做一回父母是多么大的损失。只有你走进了书籍的宝库，品尝到了与书中优秀灵魂交谈的快乐，你才会知道不读好书是多么大的损失。世上一切真正的好东西都是如此，你必须亲自去品尝，才会知道它们在人生中具有不可替代的价值。

看见那些永远在名利场上操心操劳的人，我常常心生怜悯，我对自己说：他们因为不知道世上还有好得多的东西，所以才会把金钱、权力、名声这些次要的东西看得至高无上。

13. 人生需要妥协

我们不妨去追求最好——最好的生活，最好的职业，最好的婚姻，最好的友谊等等。但是，能否得到最好，取决于许多因素，不是光靠努力就能成功的。因此，如果我们尽了力，结果得到的不是最好，而是次好，次次好，我们也应该坦然地接受。人生原本就是有缺憾的，在人生中需要妥协。不肯妥协，和自己过不去，其实是一种痴愚，是对人生的无知。

哲学的魅力

哲学是枯燥的吗？哲学是丑陋的吗？哲学是令人生厌的东西吗？——在我们的哲学课堂上，在许多哲学读物的读者心中，常常升起这样的疑问。

当然，终归有一些真正的哲学爱好者，他们惯于在哲学王国里信步漫游，流连忘返。

在他们眼前，那一个个似乎抽象的体系如同精巧的宫殿一样矗立，他们悠然步入其中，与逝去的哲学家的幽灵款洽对话，心领神会，宛如挚友。且不论空洞干瘪的冒牌哲学，那些概念的木乃伊确实是丑的，令人生厌的。真正的哲学至少能给人以思维的乐趣。但是，哲学的魅力仅止于此吗？诗人在孕育作品时，会有一种内心的战栗，这战栗又通过他的作品传递到了读者心中，哲学家能够吗？

人们常常谈论艺术家的气质，很少想到做哲学家也需要一种特别的气质。人处在时间和空间的交叉点上，作为瞬息和有限的存在物，却向往永恒和无限。人类最初的哲学兴趣起于寻找变中之不变，相对中之绝对，正是为了给人生一个总体说明，把人的瞬息存在与永恒结合起来。"我们从哪里来？我们到哪里去？我们是谁？"高更为他的一幅名作写下的画题可说是哲学的永恒主题。追究人生的根底，这是人类本性中固有的形而上学冲动，而当这种冲动在某一个人身上异常强烈时，他便是一个有哲学家气质的人了。

哲学的本义不是"爱智慧"吗？那么，第一，请不要把智慧与知识混同起来，知识关乎事物，智慧却关乎人生。第二，请不要忘掉这个"爱"字，哲学不是智慧本身，而是对智慧的爱。一个好的哲学家并不向人提供人生问题的现成答案，这种答案是没有的，毋宁说他是一个伟大的提问者，他自己受着某些根本性问题的苦苦折磨，全身心投入其中，不倦地寻找着答案，也启发我们去思考和探索他的问题。他也许没有找到答案，也许找到了，但这并不重要，因为他的答案只属于他自己，而他的问题却属于我们大家，属于时代、民族乃至全人类。谁真正爱智慧，关心生命的意义超过关心生命本身，谁就不能无视或者回避他提出的问题，至于答案只能靠每个人自己去寻求。知识可以传授，智慧无法转让，然而，对智慧的爱却是能够被相同的爱激发起来的。

我们读一位哲学家的书，也许会对书中聪明的议论会心一笑，但最能震撼我们心灵的却是作者对人生重大困境的洞察和直言不讳的揭示，以及他寻求解决途径的痛苦而又不折不挠的努力。哲学关乎人生的根本，岂能不动感情呢？哲学探讨人生的永恒问题，又怎会没有永恒的魅力？一个人从哲学中仅仅看到若干范畴和教条，当然会觉得枯燥乏味，而且我们可以补充说，他是枉学了哲学。只有那些带着泪和笑感受和思考着人生的人，才能真正领略哲学的魅力。

当然，这样的哲学也必定闪放着个性的光彩。有一种成见，似乎哲学与个性是不相容的，一种哲学把哲学家本人的个性排除得愈彻底，愈是达到高度的抽象和普遍，就愈成其为哲学。我们读文学作品，常常可以由作品想见作家的音容笑貌、爱憎好恶，甚至窥见他隐秘的幸福和创伤。可是，读哲学著作时，我们面前往往出现一张灰色的概念之网，至于它由哪只蜘蛛织出，似乎并不重要。真的，有些哲学文章确实使我们永远断了与作者结识一番的念头，即使文章本身不无可取之处，但我们敢断定，作为一个人，其作者必定乏味透顶。有时候，这可能是误断，作者囿于成见，在文章里把自己的个性隐匿了。个性在哲学里似乎成了一种可羞的东西。诗人无保留地袒露自己心灵里的每一阵战栗，每一朵浪花，哲学家却隐瞒了促使他思考的动机和思考中的悲欢，只把结论拿给我们，连同事后追加的逻辑证明。谁相信人生问题的答案能靠逻辑推理求得呢？在这里，真正起作用的是亲身的经历，切身的感受，灵魂深处的暴风骤雨，危机和觉醒，直觉和顿悟。

人生最高问题对于一切人相同，但每人探索的机缘和途径却千变万化，必定显出个性的差别。"我重视寻求真理的过程甚于重视真理本身。"莱辛的这句名言对于哲学家倒是一个启发。哲学不是一份真理的清单，而恰恰是寻求人生真理的过程本身，这个过程与寻求者的个人经历和性格密不可分。我们作为读者要向哲学家说同样的话：我们重视你的人生探索过程甚于重视你的结论，做一个诚实的哲学家吧，把这过程中的悲欢曲折都展现出来，借此我们与你才有心灵的沟通。我们目睹了你的真诚探索，即使我们不赞同你的结论，你的哲学对于我们依然有吸引力。说到底，我们并不在乎你的结论及其证明，因为结论要靠我们自己去求得，至于证明，稍微懂一点三段论的人谁不会呢？

哲学的魅力在于它所寻求的人生智慧的魅力，在于寻求者的个性的魅力，最后，如果一位哲学家有足够的语言技巧的话，还应该加上风格的魅力。叙述某些极为艰深的思想时的文字晦涩也许是难以避免的，我们也瞧不起用美文学的语言掩盖思想的贫乏，但是，独特的个性，对人生的独特感受和思考，是应该闪射独特风格的光华的。我们倒还不太怕那些使人头痛的哲学巨著，这至少说明它们引起了我们的紧张思索。最令人厌烦的是那些千篇一律的所谓哲学文章，老是摆弄着同样几块陈旧的概念积木。风格的前提始终是感受和思想的独创性。真正的哲学家，即使晦涩如康德、黑格尔，他们的著作中也常有清新质朴的警句跃入我们眼帘，令人铭记不忘。更有些哲学家，如蒙田、帕斯卡尔、爱默生、尼采，全然抛开体系，以隽永的格言表达他们的哲思。法国哲学家们寓哲理于小说、剧本，德国浪漫派哲人们寓哲理于诗。既然神秘的人生有无数张变幻莫测的面孔，人生的探索者有各不相同的个性，那么，何妨让哲学作品也呈现丰富多彩的形式，百花齐放的风格呢？也许有人会说：你所谈的只是人生哲学，还有其他的哲学呢？好吧，我们乐于把一切与人生根本问题无关的哲学打上括号，对它们作为哲学的资格存而不论。尽管以哲学为暂时栖身之地的学科都已经或终将从哲学分离出去，从而证明哲学终究是对人生的形而上学沉思，但是，这里不是详细讨论这个问题的地方。

也许有人会问：要求哲学具有你说的种种魅力，它岂不成了诗？哲学和诗还有什么区别？这正是本书所要说明的问题。从源头上看，哲学和诗本是一体，都孕育于神话的怀抱。

神话是原始人类对于人生意义的一幅形象的图解。后来，哲学和诗渐渐分离了，但是犹如同卵孪生子一样，它们在精神气质上仍然酷似。诚然，有些诗人与哲学无缘，有些哲学家与诗无缘。然而，没有哲学的眼光和深度，一个诗人只能是吟花咏月、顾影自怜的浅薄文人。

没有诗的激情和灵性，一个哲学家只能是从事逻辑推理的思维机器。大哲学家与大诗人往往心灵相通，他们受同一种痛苦驱逼，寻求着同一个谜的谜底。庄子、柏拉图、卢梭、尼采的哲学著作放射着经久不散的诗的光辉，在屈原、李白、苏轼、但丁、莎士比亚、歌德的诗篇里回荡着千古不衰的哲学喟叹。

有时候，我们真是难以断定一位文化巨人的身份。可是，身份与天才何干，一颗渴望无限的心灵难道还要受狭隘分工的束缚？在西方文化史上，我们可以发现一些极富有诗人气质的大哲学家，也可以发现一些极富有哲人气质的大诗人，他们的存在似乎显示了诗与哲学一体的源远流长的传统。在这里，我们把他们统称为"诗人哲学家"。这个称呼与他们用何种形式写作无关，有些人兼事哲学和文学，有些人仅执一端，但在精神气质上都是一身而二任的。一位严格意义上的"诗人哲学家"应该具备三个条件：第一，把本体诗化或把诗本体化；第二，通过诗的途径（直觉、体验、想象、启示）与本体沟通；第三，作品的个性色彩和诗意风格。当然，对于这些条件，他们相符的程度是很不一致的。

下面开列一个不完全的名单。

古典时期：柏拉图，柏罗丁，奥古斯丁，但丁，蒙田，帕斯卡尔，莎士比亚，艾卡特，卢梭，伏尔泰，歌德，席勒，赫尔德，费希特，谢林，荷尔德林，诺瓦利斯，威·施莱格尔，拜伦，雪莱，柯勒律支，海涅，爱默生。

现当代：叔本华，施蒂纳，易卜生，克尔凯郭尔，尼采，陀思妥耶夫斯基，托尔斯泰，狄尔泰，齐美尔，柏格森，别尔嘉耶夫，舍斯托夫，海德格尔，雅斯贝尔斯，里尔克，盖奥尔格，瓦雷里，萨特，加缪，马塞尔，布洛赫，马丁·布伯，蒂利希，马尔库塞，弗罗姆，马利旦，伽达默尔，阿多尔诺，乌纳穆诺，扬凯列维奇。

在这个名单中，我们选择了十二位，约请对其生平和思想有相当研究的朋友，合作编写成这本书。不待说，这些哲学家的观点是需要加以批判地研究的。编写本书的目的仅在于从一个侧面显示哲学的魅力，我们无须赞同这些哲学家对人生问题的答案，但是，在哲学关心人生问题、具有个性特点、展现多样风格等方面，他们或可对我们有所启发。

信仰的核心

在这个世界上，有的人信神，有的人不信，由此而区分为有神论者和无神论者，宗教徒和俗人。不过，这个区分并非很重要。还有一个比这重要得多的区分，便是有的人相信神圣，有的人不相信，人由此而分出了高尚和卑鄙。

一个人可以不信神，但不可以不相信神圣。是否相信上帝、佛、真主或别的什么主宰宇宙的神秘力量，往往取决于个人所隶属的民族传统、文化背景和个人的特殊经历，甚至取决于个人的某种神秘体验，这是勉强不得的。一个没有这些宗教信仰的人，仍然可能是一个善良的人。然而，倘若不相信人间有任何神圣价值，百

途 径

人是由两个途径走向上帝或某种宇宙精神的，一是要给自己的灵魂生活寻找一个根源，另一是要给宇宙的永恒存在寻找一种意义。这两个途径也就是康德所说的心中的道德律和头上的星空。

无禁忌，为所欲为，这样的人就与禽兽无异了。

相信神圣的人有所敬畏。在他的心目中，总有一些东西属于做人的根本，是亵渎不得的。他并不是害怕受到惩罚，而是不肯丧失基本的人格。不论他对人生怎样充满着欲求，他始终明白，一旦人格扫地，他在自己面前竟也失去了做人的自信和尊严，那么，一切欲求的满足都不能挽救他的人生的彻底失败。

凡真正的信仰，那核心的东西必是一种内在的觉醒，是灵魂对肉身生活的超越以及对普遍精神价值的追寻和领悟。信仰有不同的形态，也许冠以宗教之名，也许没有，宗教又有不同的流派，但是，都不能少了这个核心的东西，否则就不是真正的信仰。正因为如此，我们可以发现，一切伟大的信仰者，不论宗教上的归属如何，他们的灵魂是相通的，往往具有某些最基本的共同信念，因此而能成为全人类的精神导师。

判断一个人有没有信仰，标准不是看他是否信奉某一宗教或某一主义，唯一的标准是在精神追求上是否有真诚的态度。一个有这样的真诚态度的人，不论他是虔诚的基督徒、佛教徒，还是苏格拉底式的无神论者，或尼采式的虚无主义者，都可视为真正有信仰的人。他们的共同之处是，都相信人生中有超出世俗利益的精神目标，它比生命更重要，是人生中最重要的东西，值得为之活着和献身。他们的差异仅是外在的，他们都是精神上的圣徒，在寻找和守护同一个东西，那使人类高贵、伟大、神圣的东西，他们的寻找和守护便证明了这种东西的存在。

人是由两个途径走向上帝或某种宇宙精神的，一是要给自己的灵魂生活寻找一个根源，另一是要给宇宙的永恒存在寻找一种意义。这两个途径也就是康德所说的心中的道德律和头上的星空。

灵魂的渴求是最原初的信仰现象，一切宗教观念包括上帝观念都是由之派生的，是这个原初现象的词不达意的自我表达。

上帝或某种宇宙精神本质的存在，这在认识论上永远只是一个假设，而不是真理。仅仅因为这个假设对于人类的精神生活发生着真实的作用，我们才在价值论的意义上把它看作真理。

一切外在的信仰只是桥梁和诱饵，其价值就在于把人引向内心，过一种内在的精神生活。神并非居住在宇宙间的某个地方，对于我们来说，它的唯一可能的存在方式是我们在内心中感悟到它。一个人的信仰之真假，分界也在于有没有这种内在的精神生活。伟大的信徒是那些有着伟大的内心世界的人，相反，一个全心全意相信天国或者来世的人，如果他没有内心生活，你就不能说他有真实的信仰。

一切信仰的核心是对于内在生活的无比看重，把它看得比外在生活重要得多。这是一个可靠的标准，既把有信仰者和无信仰者区分了开来，又把具有不同信仰的真信仰者联结在了一起。

信仰的实质在于对精神价值本身的尊重。精神价值本身就是值得尊重的，无须为它找出别的理由来，这个道理对于一个有信仰的人来说是不言自明的。这甚至不是一个道理，而是他内心深处的一种感情，他真正感觉到的人所以为人的尊严之所在，人类生存的崇高性质之所在。以对待本民族文化遗产的态度为例，是精心保护，还是肆意破坏，根本的原因肯定不在是否爱国，而在是否珍爱凝结在其中的人类精神价值。信仰愈是纯粹，愈是尊重精神价值本身，必然就愈能摆脱一切民族的、教别的、宗派的狭隘眼光，呈现出博大的气象。在此意义上，信仰与文明是一致的。信仰问题上的任何狭隘性，其根源都在于利益的侵入，取代和扰乱了真正的精神追求。我相信，人类的信仰生活永远不可能统一于某一种宗教，而只能统一于对某些最基本价值的广泛尊重。

简单地说，我认为的信仰，就是相信人是有灵魂的，灵魂生活比肉体生活、世俗生活更重要，并且把这个信念贯彻在生活中，注重灵魂的修炼，坚守做人的道德。一个人不论是否信宗教，不论信哪种宗教，只要符合上述要求，就都是有信仰的。

宗教把人生看作通往更高生活的准备，这个观念既可能贬低人生，使之丧失自身的价值，也可能提升人生，使之获得超越的意义。

（京）新登字 083 号

图书在版编目 (CIP) 数据

学会和自己相处，就学会了和世界相处：写给女孩子 / 周国平著 .—
北京：中国青年出版社，2017.4

ISBN 978-7-5153-4717-2

I. ①学… II. ①周… III. ①散文集 − 中国 − 当代 IV. ① I267

中国版本图书馆 CIP 数据核字（2017）第 080903 号

学会和自己相处，就学会了和世界相处：写给女孩子

周国平 著

责任编辑：李　凌　段　琼
内文插图：袁小真
装帧设计：今亮后声 HOPESOUND pankouyugu@163.com
出版发行：中国青年出版社
社　　址：北京东四十二条 21 号
网　　址：www.cyp.com.cn
编辑中心：010-57350520
营销中心：010-57350370
印　　装：鸿博昊天科技有限公司
经　　销：新华书店
规　　格：880 mm × 1230 mm　1/32
印　　张：8
字　　数：100 千
版　　次：2017 年 6 月北京第 1 版
印　　次：2017 年 6 月北京第 1 次印刷
定　　价：38.00 元

如有印装质量问题，请凭购书发票与质检部联系调换　联系电话：010-57350337